「あんた、角南結衣とか言ったっけ」
柄の悪い男に連れてこられたその場所は暗く、
紫煙に巻かれていた。

朝比奈さんの弁当食べたい

Asahinasan no Bento tabetai

「先輩」
「その好きは、会いたいは……
恋人としてですか？
お母さんの代わりとしてですか？」

――綺麗な自分でい続けてきた。
距離が近づく。
緊張で締まる喉を小さく鳴らす。
――もう、いいよね……？

「おまえ、そん時の結衣の気持ち考えたのかよ！」
見てみぬ振りをされるなど、
彼女の想いがあまりにも報われない。
「——創に、何がわかる」

朝比奈さんの弁当食べたい2

羊思尚生

HJ文庫
1084

口絵・本文イラスト　U35

Asahinasan no
Bentou tabetai

CONTENTS

第一章

角南結衣《すなみゆい》にとって、弁当は足枷《あしかせ》だった。

カーテンの向こうから漏《も》れる朝日もまだ弱々しい時間の、青みがかった部屋の中で結衣はフライパンを振《ふ》るう。

ストーブを点《つ》けていても、冬の空気は冷たく手足の指先を刺《さ》してきた。制服から伸《の》びる足に何か穿《は》けば少しはマシなのだろうが、彼女《かのじょ》にその気はないらしい。

食材からの攻撃《こうげき》をエプロンに任せきった格好の結衣は、手慣れた様子でフライパンに載《の》ったウインナーを転がす。

ほんのり焦《こ》げ目《め》がついたころに、電子レンジが声を掛《か》けてきて火を止める。電子レンジから容器を取り出して解凍《かいとう》されたもやしのナムルを弁当箱に盛りつける。その隣《となり》でかぼちゃの煮《に》つけが偉《えら》そうにふちのギザギザしたケースに収まっていた。

その後も結衣の手は澱《よど》みなく弁当箱の隙間《すきま》を埋《う》めていく。そのほとんどが冷蔵庫に予《あらかじ》め溜《た》め込《こ》んでいた物とはいえ、休みなく動く彼女の手際《てぎわ》は無駄《むだ》がなく、同時に事務的だった。

やがて溜《た》め息《いき》とともにテーブルに置かれた弁当箱には、本人の面倒《めんどう》そうな表情とは対照的に鮮《あざ》やかな食材が顔を覗《のぞ》かせていた。

一人分のそれは彼女の母の物だ。

自身の分は作っていない。自分の分まで用意するとストックの消費が増えるからだった。

朝日が部屋を照らし出したのを見て取ってカーテンを開く。

幸い今日は晴れている。雪かきは必要ないらしい。

浮《う》いた時間を自宅でゆっくり過ごすという選択肢《せんたくし》はなく、結衣はカバンを手に取った。

隣室《りんしつ》からし始めた物音に急《せ》かされるようにリビングを後にする。

玄関《げんかん》の扉《とびら》が閉まると解放されたように深呼吸を一つ。

「さーて、今日も頑張《がんば》りますか！」

その顔には息を吹《ふ》き返したように、彼女らしい笑《え》みが浮かんでいた。

◇◇◇

いつもこの瞬間《しゅんかん》は緊張《きんちょう》する。

「も、もしもし……」

『もしもし、牧《まき》です』

直接聞いたのとは少し違《ちが》う、それでも本人であるとわかる声が聞こえて、無意識に押《お》さえていた亜梨沙《ありさ》の口角は素直《すなお》になった。

「朝比奈《あさひな》、です」

『ああ』

「あの、久しぶり」

『ああ、久しぶり』

「えと、元気？」

『ああ、元気だ』

「そう……」

『……』

「……」

『朝比奈さんは？』

「え？」

『元気か？』

「あ、ええっ、私も元気よ」

『よかった』

慣れない運動をした翌日のような歩みで牧誠也《せいや》と朝比奈亜梨沙の通話は始まった。

危なっかしい導入で始まった会話だが、それでも積み重ねたものはある。

「あのね、最近ホームパーティに呼ばれて行ってきたの。こっちの人って結構頻繁《ひんぱん》に友達を呼んでやるみたいでね」

『そうか』

「いつもすごいのねって言ったら、他にやることないからね、って肩《かた》をすくめられちゃった」

『そうなのか』

「うーん。私はそうは思わないのだけど、ずっと住んでるとそう思ってしまうのかも?」

数分と掛からずに緊張も解けて、たわいもないキャッチボールが始まった。

大体は亜梨沙が主導で進む。

誠也の返事はそっけないものだが今さら気にすることもない。声色《こわいろ》に柔《やわ》らかさが宿っているのを感じているからだ。それは、最近になって気づいた誠也の変化だ。

細かな変化を見つけるたび、心を開いてくれているような気がして嬉《うれ》しかった。

だから、もっともっと、と反応を引き出したくてらしくもなく饒舌《じょうぜつ》になってしまう。

──牧君のことになると欲張りになってしまう。

これも最近気づいたことの一つだ。

そんな亜梨沙だが、今日はさらに心に決めていることがある。

誠也を名前で呼ぶこと。

そして自分のことも名前で呼んでと言うこと。

実に一週間振《ぶ》り五度目の挑戦《ちょうせん》だ。

つまり現状惨敗《ざんぱい》続きである。

だが今日こそは、と決意を新たに今回の通話に挑《いど》んでいた。

「そういえば、今度の金曜日のお昼休みって予定ある？」

『いや、特にない』

導入は完璧《かんぺき》だ。フレーフレー、と頭の中で創《そう》と結衣、後はアメリカで仲良くなった友人たちがエールを送っている。

「あのね、手塚《てづか》君とか角南さんも交えて、一緒《いっしょ》にお話できないかなって思うんだけど……」

『なるほど』

考《かんが》え込むような誠也の相槌《あいづち》を聞きながら、亜梨沙は彼《かれ》の名を内心で復唱する。

「あの、せ、せ……」

言うぞ言うぞ、と期待の目で脳内応援団《おうえんだん》が見守る中、亜梨沙は口を開いた。

「牧君っ……は、どう……思う……？」

あちゃー、と額を手で叩《たた》く脳内応援団。その動作は万国《ばんこく》共通なのかどうなのか。

『いいと思う。結衣はその日バイトが休みだから大丈夫《だいじょうぶ》だと思うが、創の方はわからない。後で聞いてみる』

「……そうね、お願い」

『？　どうかしたか？』

「何でもないわ」

脱力《だつりょく》した亜梨沙の声に誠也が気遣《きづか》ってくれるが、事情を言えるのなら苦労はしていない。

はい解散解散、と手慣れた様子で撤収《てっしゅう》作業に入る応援団。まだ行かないで、と言いたいところだが今日は恐《おそ》らくもう無理だろうという自覚がある。

失ったチャンスは大きい。重いため息を吐《つ》く。

『もう半年近くになるのか』

「ん？」

『朝比奈さんがいなくなってからだ』

「ああ、そうね。もうそんなになるのね」

憧《あこが》れの父との同居や慣れない環境《かんきょう》もあって、時間は瞬《またた》く間《ま》に過ぎていった。

しみじみと思い出を振り返る。

『朝比奈さんに会いたい』

「……んぇ？」

唐突《とうとつ》な爆弾《ばくだん》投下。

爆撃《ばくげき》で砕《くだ》かれた情緒《じょうちょ》が声に漏れる。

「そ、それ、あの、こここころの準備がまだできてにゃいのにいきなりそんなこと言われても――」

わかりやすく亜梨沙の脳みそが故障した。

『にゃいのに？』

「うー！」

言語機能がお亡《な》くなりになったので、とりあえず威嚇《いかく》した。

「な、なんで急にそんな、あ、あ、会いたいなんて……」

呂律《ろれつ》に後遺症《こういしょう》を残しながらもどうにか回復した亜梨沙が聞くと、さも当然のように誠也は答える。

『朝比奈さんがいないのを寂《さび》しく思って、会いたいと伝えるのは変だろうか？』

「──」

声にならない声が断末魔《だんまつま》になりかける。

──あれ、私死んでない？　大丈夫？

誠也は時々こういうことを言う男だった。

天然なのか何なのか、予期していないタイミングでキラーワードを放《ほう》り込んでくる。

「わ、わた、私も、あの、その、あ、ぃたぃ……です……」

這《ほ》う這うの体《てい》でどうにか返答する。

気恥《きは》ずかしさで体が熱い。

部屋の温度と湿度《しつど》高くない？　ねえ、熱いよね？　脳内で意味もなく問いかけてみるが答えるものはいない。脳内応援団は帰ってしまって今は二人の蜜月《みつげつ》だ。

『そうか。よかった』

よかった。よかった。よかった！

乙女《おとめ》スロットルが完全に入ってしまった亜梨沙はまたその一言で身悶《みもだ》える。

いちいち大げさに反応してしまうのは、初めての恋人《こいびと》ゆえ仕方のないことなのだろう。

『そろそろ切る』

牧
00:12

「……ええ、そうね………あ、金曜日のことお願いね」

『わかった。さよなら』

「うん。あの……ううん、ばいばい」

通話終了《しゅうりょう》の断続的な電子音を聞き届けて、亜梨沙はスマホから耳を離《はな》した。

「……はぁ」

三十分程度の電話に見合わない消耗度《しょうもうど》と、反比例するような充足感《じゅうそく》が同居していて落ち着かない。ふわふわした心地《ここち》で続いた通話の終わり際には、こっぱずかしいことを口走りそうになってしまって危なかった。

意味もなく叫《さけ》び出したい衝動《しょうどう》に駆《か》られて、亜梨沙はベッドに寝転《ねころ》んだ。

結局、今日も名前で呼ぶことは敵《かな》わなかった。

――誠也君。

心の中で呼んでみる。

会うことができないならせめて精神的な距離《きょり》だけでも。そうは思うのだが、やはり何事も一歩踏《ふ》み出すのは勇気がいる。

『朝比奈さんに会いたい』

思考の隙間に本日のハイライト。

「……んふ」

必死に引き結んでいた口元からだらしない笑いが漏れて、亜梨沙は自室で誰《だれ》がいるわけでもないのにクッションに顔を押しつけた。

いかんともしがたいとそのまま首を振る。

これはよくない、と表情を引き締《し》めて顔を上げる。

そして誠也のセリフを脳内で反芻《はんすう》する。

「……んふふ」

何が、とは言わないが崩《くず》れた。

ばふっとまたクッションに顔を押しつけて足をばたつかせる。ベッドもベシベシ叩く。

遠距離《えんきょり》は冷めがちで続かないとか言ったのは誰だ。半年経《た》った現在でもあの日の記憶《きおく》は輝《かがや》かしく、よりいっそう想《おも》いは昂《たかぶ》っている気すらする。

ひとしきりそうした後、ようやく落ち着いて仰向《あおむ》けになりスマホを顔上に掲《かか》げる。

通話アプリが開かれた画面には直前までの通話の記録が残っている。

日本とアメリカの時差はおよそ十四時間。

向こうは夜のはずだが、こちらは朝七時になろうかというところ。

それゆえ時間がなかなか合わず、履歴《りれき》にあるメッセージの時間は飛び石的に並んでいる。たわいもない話ばかりが連なるそれだが、ふとした何気ない瞬間につい見返してしまうような引力が発せられている。

「亜梨沙、そろそろ起きる時間だぞー」

「――ひゃいっ！」

扉越《とびらご》しに掛けられた父の声に跳《は》ね起きる。

父親と同居を始めて半年近く経ったが、未《いま》だに突然《とつぜん》呼ばれると過剰《かじょう》に反応してしまう。なんせ今までずっとその役目は使用人がしていたのだ。

日本にいる間、父親という存在は亜梨沙にとって遠い存在だったのだ。急にこんな距離が近くなっても頭が追いついてこない。

「い、今行くわ」

どうにか返事をしてわたわたと髪《かみ》を手櫛《てぐし》で軽く整える。

これでもまだマシになった方なのだ。

この家に引っ越《こ》してきて最初の頃《ころ》は酷《ひど》いものだった。四六時中気を張っているせいで疲労が溜まり、眠《ねむ》りも浅いせいで体調を崩したのは苦い思い出だ。

「おはよう」

扉を開くと、青白ボーダーのコテコテなパジャマ姿をした父親が待っていた。本人曰《いわ》く、服は気持ちを寄せるのだとか。典型的な見た目のパジャマを着ることで、これから寝《ね》るぞ、という方向に気持ちを持っていけばよく眠れるらしい。

引っ越した当初は朝起きるとすでにスーツ姿だったのだが、いつからか気の緩《ゆる》んだ部分を多く見せてくれるようになった。

一緒に暮らしてみると、父はとても奔放《ほんぽう》な人間だった。

同居を始めてしばらくは、隙《すき》あらばいろんな場所を連れ回されて勉強の時間が取れなかった。教科書が英語で周囲からワンテンポ遅《おく》れることなども重なって、その時期の学校の成績は少し落ち込んでいた。かといって恨《うら》む気持ちは全く持ち合わせていないのだが。

コーヒーを飲みながらニュースを観《み》ている父と挨拶《あいさつ》を交《か》わして、手早く二人分のトーストを焼く。

朝食は亜梨沙の担当だった。担当といっても今回のトーストのように失敗の少ないものが大半だ。朝に凝《こ》ったものなど却《かえ》って重いのもそうだが、亜梨沙は自身の料理の腕《うで》を全く信用していなかった。手順が少なければ流石《さすが》に大失敗はしない。

準備を終えたら父の運転する車で学校へ向かう。

運転手に頼《たの》まないのは亜梨沙がそういう目立ち方を好まないのを気遣ったというのもあるのかもしれないが、単純にドライブ好きというのが本音だろう。日本での生活と比べて、全体的に実利的で無駄な贅沢《ぜいたく》を嫌《きら》う暮らしは父本来の好みのようだった。

「いってきます」

「いってらっしゃい」

父に見送られて車を降りる。

学校は広さと校舎の大きさがビッグサイズで、それなりの距離を進まないと自分のロッカーには辿《たど》り着かない。

朝日が照らす中、雪で隠《かく》れた凍《こお》った地面に気をつけながら歩く。

気温は日本にいた時とそんなに変わらない。

それよりも、初めてアメリカに来て一番初めに感じた違いは匂《にお》いだった。

特に都市部へ行くといろんな匂いに溢《あふ》れている。香水《こうすい》であったり、食べ物の香りであったり様々で、来たばかりのころは体調を崩しがちで匂いに軽く酔《よ》ったりもしたのだが、今はすっかりそれもなくなった。

不意に、とんと肩を叩かれる。

「ハイ、アリサ」

「おはよう」

軽快に挨拶をして去っていくのはクラスメイトだ。

いい意味での気安さも、国を出て感じた特徴《とくちょう》だった。

街でふと隣《とな》り合った知らない者同士でのコミュニケーションの壁《かべ》が薄《うす》いのだ。

最初の頃、初老の男に当たり前のように話しかけられた時は驚《おどろ》いてしまったが、好ましいものとして捉《とら》えている。

ロッカーに荷物を置いて、図書室で勉強に励《はげ》む。

ただでさえこちらの学生は課題が多い。加えて亜梨沙は言語面にまだ多少不自由があるため時間に追われがちだった。夜だけではカバーしきれない部分を埋めるのだ。

やがてベルが鳴れば、移動を始める生徒の波に交ざっていく。

校舎は広いといえど、半年も経てばさすがに迷うこともなくなった。

教室に入ると出席を取って授業が始まった。

当然ながら全て英語で進められるそれは、ディベートや調べ物といった生徒が動くものが日本よりも割合として多い。こちらでは授業態度がかなり成績に重視されるのだが、亜梨沙はまだどうしても積極的な発言というのがなかなかできなかった。

そんな事情もあって、提出物などといったところに力を入れる必要がある。時間に追われがちなのはそういった理由もあった。

「アリサ、カフェ行かない？」

「ええ、いいわよ」

昼になって、数人の友人とともにカフェテリアへと向かう。

今日はお昼のサンドイッチを作る時間がなかったのでちょうどよかった。

バイキング形式で料理が並ぶそこから、パンやポテトサラダを適量盛って席に着く。

「最近カレが冷たくて～」

「わかる、うちもそうなの」

どの国でも思春期の女子が盛り上がる話題は共通なのか、彼氏《かれし》の愚痴《ぐち》や気になっている男子のこと、それぞれの近況《きんきょう》を温度高めの相槌とともに報告し合う。

「そういえばアリサってそこら辺どうなの？」

「む？」

「気になる男とかいないの？」

ポテトサラダをちょうど口に入れたタイミングで水を向けられて、少しはしたない声を出してしまった。少し顔を赤くしながら咀嚼《そしゃく》し、飲《の》み込み、口を拭《ふ》いてから視線を友人たちから逃《に》がして答える。

「わ、私は、その、お付き合いしてる人がいるから……」

大仰《おおぎょう》な動作とともに三方から上がる黄色い悲鳴。

「ちょっと詳《くわ》しく聞かせて！」

「なんで今まで隠してたわけ！」

「どこの誰よ、その男！　うちの学校⁉」

「え？　えー……あのー、日本にいます」

「遠距離恋愛《えんきょりれんあい》ってこと⁉」

「キャアア！」

基本的に彼女らのオーバーなリアクションはわかりやすくて好ましく思っているが、こういう時には少し勘弁《かんべん》してほしいと思ってしまう。ちょっと怖《こわ》い。

「ねえ、どんな人なの？　アリサってイケてるもの、きっとイケメンよね」

「ええと、中性的な顔で、すごく、純粋《じゅんすい》な人、です……」

「キャアア！」

「気をつけなさいよアリサ。男なんてみんな性欲オバケなんだから。あんまり信じすぎると足をすくわれるわ」

「え、え、ぶっちゃけどこまでいったの？」

「ど、ど、どこまでって……出発日の空港で告白したんだから何もしてないですっ！」

「付き合うと同時に日本を出たってこと⁉」

「ロマンチックー！」

「キャアア！」

――目立つからその悲鳴みたいなのをやめてほしい。

そんな苦情を言えるわけもなく、縮こまることしかできない亜梨沙はその後もハチの巣になるまでひたすらマシンガンのような質問攻めにあうのだった。

午後の授業は数学だった。

聞きやすさに配慮《はいりょ》されていない現地の英語は早口かつ崩れていて、油断するとすぐについていけなくなってしまう。だいぶ慣れたものの授業内容が日本にいた時より進んでいるのもあって気は抜《ぬ》けない。

授業後は少し図書室で課題や復習をこなして、父の迎《むか》えを待つ。

車の免許《めんきょ》を取るのもいいかもしれないと思う。アメリカでは十六歳《さい》から取ることができて、実際周りにもそうしている生徒は多い。少し考えて、いや、と首を振った。

習い事も再開したいし、自動車免許は取るとしてももっと先のことになるだろう。

『おまたせ』

スマホが父の到着《とうちゃく》を知らせて図書室を出る。

でも、と亜梨沙は想像する。

もし車を運転できるようになって、誠也と出かけられるようになったら。そう考えるだけでわくわくする。創や結衣がいても賑《にぎ》やかでいいかもしれない。

「や、おかえり」

「ただいま」

車に乗り込む父の笑顔《えがお》が迎えてくれる。

これから外で夕食を済ませて、帰ったら大量の課題が待っている。

忙《いそが》しくも充実《じゅうじつ》した日々。

それが、亜梨沙の新たな日常だった。

◇◇◇

結衣は自身の教室の戸を勢いよく開けた。

「おっはよーございます！」

相当早く家を出たため、教室にはまだ誰もいない。当然、結衣の挨拶に返る声はないのだが、それを気にした様子もなく彼女は席に着く。

カバンから取り出したのは一冊の本。

『星の王子さま』と銘打《めいう》たれたそれを開く。

誰もいない教室で本の世界に浸《ひた》るこのひと時が、結衣は好きだった。

いつも騒《さわ》がしい教室が静まり返っている。そんなシチュエーションのおかげで、世界に自分一人だけ、という妄想《もうそう》に説得力が出るのだ。

──後は先輩《せんぱい》がいれば完璧なんですけど。

そんな詮無《せんな》いことを考えていたのも最初の内で、数分もしない間に本の中へと引き込まれていく。

いつだかに国語の授業で取り上げられてから、ずっと気になっていたのだ。

大事なものは目には見えないんだよ、だったか。そんなフレーズが記憶に残っていた。

どれくらい経った頃だろうか。

教室の外に段々と物音が積まれ始めて、結衣の意識は引き上げられた。

「おはよ。相変わらず早いねー」

入って来たのは一人の女子生徒だ。

「おはようございます。ふふふ。私は、この学園きっての優等生ですからね！」

「……赤点」

「ビクッ！」

オノマトペを口に出してのけぞる結衣に、女子生徒は苦笑《くしょう》した。

「優等生はそんな反応しないから」

「な、なにおぅ、図《はか》りましたね！」

「はいはい、ごめんごめん」

雑に切り上げながら女子生徒は勉強道具を自身の机に広げた。

それを見て結衣は再び本に目を落とす。

問題集へ解答を書き込む音に、時折ページをめくる音が仕切りを作る。他人の気配で物語への没入《ぼつにゅう》感は若干《じゃっかん》減ってしまったが、このささやかなBGMもこれはこれで嫌いではない。

さらにいくらか経って、無視できないほどに廊下《ろうか》が騒がしくなり、教室の戸が引かれた。

「うおお教室あったけー！　あ、おはよー」

やたら元気な男子生徒に挨拶を返しながら結衣は本をしまう。喧騒《けんそう》の中SHRまで読書を続けることもあるが、この本に関しては何となくそんな気分にならなかった。

それからは雪崩《なだれ》のように次々とクラスメイトが教室に入って来た。その中には薄く正体の知れない後ろめたさを抱《かか》えてひっそりと入って来る者も。

「おはようございます。目にクマできてますよ。また深夜アニメでも観てたんですか？」

結衣がそっと声を掛けるとほんのり嬉しそうな、もしくはある種の安堵《あんど》のような笑みを浮かべた。

授業が始まると、結衣は真面目に受けたり、あるいは寝たりしながら時間を過ごす。

「角南、ここ解いてみろ」

微睡《まどろ》んでいる結衣の耳にそんな声が聞こえて頭を上げた。

「んぁ、あぁ……えーと、まあこの話はいいじゃないですか」

「いやよくないだろ」

呆《あき》れた教師のツッコミでクラスメイトから笑いが上がる。眉《まゆ》を顰《ひそ》めていた教師も結局、仕方ないなと言わんばかりに苦笑しながらその場を流した。

のらりくらりとかわしながら迎えた昼休み。

ここだけは、とばかりに結衣は素早《すばや》く行動を開始する。そんな彼女にクラスメイト達は十色の表情を向けて見送った。

買っておいた昼食と自販機《じはんき》で買った飲み物を手に提《さ》げ、軽い足取りで視聴覚室《しちょうかく》へ向かう。

まだ誰もいない部屋に入り、いの一番に暖房《だんぼう》のスイッチを入れる。吐く息が僅《わず》かに白く溶《と》けるのを見ながら廊下側《ろうかがわ》の席に着き、椅子《いす》の冷たさに体を震《ふる》わせた。

机に置いた昼食――いつものサンドイッチだ――に手をつけることもなく、スマートフォンを手持《ても》ち無沙汰《ぶさた》に弄《いじ》る。

「よっす」

幾《いく》ばくもしないうちに現れたのは手塚創だった。着崩《きくず》した学ランと金髪《きんぱつ》という風貌《ふうぼう》で周囲から不良扱《あつか》いをされている二年生の男子だ。結衣の一年先輩なのだが、一年の間でも根も葉もない噂《うわさ》が立つくらいには有名だ。

結衣としては、いつも視聴覚室に集まるメンバーの内の一人であり、面倒見《めんどうみ》のいいツッコミ要員という認識《にんしき》が正しいのだが。今さらクラスメイトに言ったところでどうなるものでもないので放置している。そっちの方が面白《おもしろ》そうだというのもあったが。

「どうもです」

お決まりの挨拶を返す。創は机を挟《はさ》んだ結衣の正面側に腰掛《こしか》けた。置かれた包みの中には創お手製の弁当が入っているのだろう。

「あーマジで腹減ったわ」

「そうですねぇ。私も今日体育があったのでお腹空《なかす》きました」

「じゃああいつ待ってないで食えばいいだろ」

包みを開きながらの指摘《してき》に、結衣は首を横に振った。

「いいえ、私は奥《おく》ゆかしいので先輩といただきますしないと味覚が消失するんです」

「そーかよ」

創は特に食い下がることもなく、ミニトマトを器用に箸《はし》でつまんで口へと放り込む。相変わらずベジファーストを信条にしているらしい。

暇《ひま》つぶしにそれをからかおうと口を開いた時、戸が開いて結衣の全てがそちらに向いた。

「お疲《つか》れ様《さま》」

「お疲れ様です！」

現れた青年、誠也への印象を少しでも良くしようと喉《のど》が気を利《き》かせる。普段《ふだん》は少し眠たげな目も輝きを増して、ゆるいウェーブを描《えが》く髪はふわりと舞《ま》う。

学ランの首元のホックをしっかりと閉めて過剰なまで校則に忠実なその風貌は、彼の幼《おさな》馴染《なじみ》である創とは対照的だ。黒い髪も耳が出る程度にしているのに、それでも生徒指導の教師に度々《たびたび》呼び出されるのは、創のとばっちりなのだろう。

そんな彼は購買《こうばい》で昼食を買うのが常だった。

「今日の戦利品は何ですか？」

隣の席に座《すわ》った結衣が体を寄せて問いかけると、誠也は袋《ふくろ》の中身を取り出した。

「コッペパン。ジャム入りだ」

いつもの無表情が心なしか得意げに見えなくもない。

「おぉう、豪華《ごうか》……！」

「……いや、豪華ではねえ」

夏くらいまでは何も入ってない純コッペパンなどをよく食べていたのだが、最近の誠也はほんの少し贅沢な物を買ってくるようになってきた。とは言っても、所詮《しょせん》あらかた人気商品がなくなった後の売れ残りなのだが。

「牛乳も買った」

飲み物もよく結衣が分けていたりしたのだが、最近はそれも減った。

「じゃあ、もう大丈夫ですね」

そう言って笑いかける結衣を、何気ない様子で創は見ていた。

午後の授業は腹を満たされて緩慢《かんまん》な空気がどことなく漂《ただよ》っている。暖房による暖かさが強烈《きょうれつ》な眠気《ねむけ》となって襲《おそ》い掛かるが、それでも必死に抗《あらが》う生徒が大半だ。進学校なのだからある意味当然と言えるのだが、中にはついに負けて船出した生徒がいる。結衣は抵抗《ていこう》することもなく身を任せる側の人間だった。

「こーら」

べし、と教科書で頭を叩かれて、「へ」と声が出た。

「た、体罰《たいばつ》、体術反対です！」

「体罰、な。国語の授業中にその間違《まちが》いは恥《はじ》の上塗《うわぬ》りだぞ。また一つ学べてよかったな」

抗議《こうぎ》の声を軽くかわされて、くすくすとクラスメイトの笑い声。むー、と少し大げさに拗《す》ねた顔をすれば「テストで点取れないなら授業態度で稼《かせ》ぎなさい」と無情な切り返しをされてあえなく撃沈《げきちん》。

「ほんと、よくここに入れたな」

嫌《いや》みというよりは、世界の謎《なぞ》を目の当《ま》たりにしたような教師の声に、てへへと照れ笑いを浮かべると露骨《ろこつ》にため息を吐かれた。

「結衣ってほんとアホの子よね」

授業の終わりに掛けられた、言葉の強さとは裏腹に親しげな声色のそれ。

結衣は拳《こぶし》を振り上げる。

「藪《やぶ》から棒《ぼう》になんですか！　アホじゃありません、まだ誰も私の才能に気がついてないだけです！」

「そうね、結衣自身も含《ふく》めてね」

「ふふん、わかってるじゃないですか」

「……あの、これ皮肉だからね？」

そんなたわいもない会話を交わしてSHRを終えた放課後、結衣は昼休みと同様に軽快な足取りで視聴覚室へと向かう。

昼休みと同じように暖房をつけてから廊下側の席へ着き、カバンから本を取り出す。

読書しながら誠也たちを待つ時間は、結衣にとって至福のひと時だった。

暖房の音と遠くで聞こえる喧騒をBGMに創作の世界へ浸っていると、間もなくスマホが太ももを揺《ゆ》らして結衣は現実へと帰還《きかん》した。

『勉強を教えてもらう。先に帰っていい』

『俺《おれ》も行けねえわ』

誠也と創からだった。

「……仕方ないですね」

少なくない落胆《らくたん》を逃がすようにポツリと呟《つぶや》く。

「ん～」

伸《の》びをする。

固まった体がほぐれる感覚が心地よい。はぁ、と息を吐いて椅子に背を任せて上向く。

最近の誠也は少し変わった。

少しだがクラスメイトと話すようになったと聞いた。今日のように勉強を教えてもらうようになったのがきっかけだろう。誠也の硬《かた》い話し方で同年代と盛り上がる想像はしづらいので、軽い雑談程度なのだろうがそれでも大きな進歩と言えた。一方で創の方は相変わらずらしいが。元々強面《こわもて》かつ積極的に他人と関わるタイプでもないため、仕方ないことだろう。

喜ばしいことだ、と思う。

「ま、会えない時間が多い方が想い募《つの》るって言いますしね」

誰にともなく冗談《じょうだん》めかして席を立つ。出発するには少し早いが、適当に寄り道でもしよう。

そう決めた結衣は暖房と部屋の電気を切る。

視聴覚室から出た廊下は、ダッフルコートを着込《きこ》んでいてもやたらと寒く感じた。

結衣が扉《とびら》を開けるといつもの怪《あや》しげな店内が姿を現す。カウンターには紫髪《むらさきがみ》のふくよかな、女性ものの服や装飾品《そうしょくひん》を身に着けている男が一人。

「お疲れ様でーす」

「ああ、お疲れ」

店内はほんの少しタバコの臭《にお》いが漂っている。しかしカウンターには灰皿はなく、店内の空気も煙《けむ》ってはいない。臭いは壁に染《し》みついたものだろう。

ママは酒とタバコを止《や》めていた。

半年ほど前、結衣に勤続三年祝いの金を渡《わた》してからだ。

そもそも勤続三年祝い自体、この店には存在していなかった。しかし結衣に金を渡す口実としてそれを使ったため、後になって該当《がいとう》するキャスト全員に同じ金額を渡したのだ。元々多めに渡したそれが複数人に増えたことで、ママは厳しい生活を送るはめになったらしい。慣れないことはするもんじゃない、というのが最近の口癖《くちぐせ》だ。

「あんたの太客がもうすぐ来るよ。準備しな」

「椎名《しいな》さんですかね、わっかりましたぁ」

緩く敬礼をして店の奥にある一室に入る。大きなベッドが我《わ》が物顔《ものがお》で居座《いすわ》るその部屋は結衣に宛《あて》がわれたものだ。いつもの外デートを所望《しょもう》らしいので、予《あらかじ》め部屋に置いてある服に着替《きか》える。変に露出《ろしゅつ》の多い恰好《かっこう》は避《さ》け、少女らしさと大人らしさを両立させた上品なドレッキングワンピースだ。その上に清楚《せいそ》な印象のウールコートを羽織った。身なりを整え、余った時間で慣れた手つきで備品をチェックしているとすぐに備えつけの電話が鳴った。

受付へ戻《もど》るとそこには二十代後半だろうスーツの男が立っていた。

結衣は笑顔の仮面を念入りにはめ直す。

「椎名さんこんばんは」

「あ、こんばんは結衣ちゃん」

少し疲れた感じのする男だ。

何気ない様子を装《よそお》って、視線が結衣の身体《からだ》を舐《な》めた。

コートの上からでは体のラインはわからないが、だからこそ相手の想像を駆り立てて期待を膨《ふく》らませる。この店に来てから学んだことだ。

「じゃあ、さっそく行きましょうか」

椎名の腕に自分のそれを絡《から》ませてママに見送られながら店を出る。半分椎名を引っ張るように外を歩く。

チェーン店のレストランで食事をするのが彼との通例だった。最初はお高いレストランに連れて行かれたりしたのだが、結衣の要望によりそうなっていた。今日も例に漏《も》れず、店員に案内されて一番奥の席へと向かう。店内では一転して椎名を立てるように半歩後ろをついていく。格式高い店というわけでもないが、これも結衣の心がけの一つだ。

椎名が空いている隣《となり》の席の背もたれに上着を掛《か》けネクタイを緩める。

「男の人のネクタイ緩める仕草、かっこいいですよね」

結衣が目を見つめて言えば、彼は照れ臭《くさ》そうに視線を逃がした。

「あー、はは、そう？　ま、まあ好きな物頼んでよ」

初心《うぶ》な態度は初対面の時から変わらない。

結衣は渡されたメニューの中から、シェアできるもので中間辺りの価格帯の物をチョイスする。チェーン店とはいえ安すぎるとプライドを傷つける可能性があるし、高すぎるものは言わずもがな。ちゃっかりつけ足したパフェはただの好みだ。

「相変わらずお仕事は大変ですか？」

「うん、まあ……。そうだね」

苦いような、諦《あきら》めたような笑《え》みは用を終えたメニューに逃がされる。

営業職らしいが、人付き合いが得意ではない性格の彼は苦戦しているようだ。

「結衣ちゃんは、学校楽しい？」

かすかに色を含んだ視線が結衣の身体を掠《かす》る。

それに気づかない振《ふ》りをして結衣は大げさに顔をしかめた。

「それが聞いてくださいよぉ！　私今日もいろんな人にアホの子扱いされちゃって～。私の裏の顔を知らないからみんなそんなこと言うんです」

「裏の顔？」

「……椎名さん、ちゃんと秘密守れる人ですか？」

「へ、あ、うん、まぁ……」

「実はね、私の本当の仕事は……赤点ハンターなんですよ」

「はぁ」

要領を得ない返事。もっとも、結衣の言っていることに得るべき要領などないのだが。

「クラスのみんなが赤点を取らないように、私があえて赤点を取ってるんです」

「結衣ちゃんって、一応進学校だよね？　赤点なんて取る人そもそもいないんじゃ……」

「椎名さん……勘《かん》のいい大人は嫌いです」

「うぇ、ご、ごめん」

「というか一応ってなんですかぁ！　私だって、私だってねぇ！」

頼んだ物が来る前からフルスロットルで飛ばす。

ビールとミルクティーが来るころにはもう、椎名の浮《う》かなかった顔に楽しげな笑みが灯《とも》っていた。

「あの、さ」

大皿の料理をついばんでいると、椎名が結衣の目を見つめて言った。

「結衣ちゃんは……その、本当は賢《かしこ》い子だと思うよ」

一言褒《ほ》めるのに、告白でもするような勇気を振《ふ》り絞《しぼ》る。

椎名はいつもそうだった。

自分が誰かを褒めたって。それを口に出すことにある種の後ろめたさのようなものを持ち合わせている。褒めることはいいことのはずなのに、そんな自己否定に苛《さいな》まれている。

「えへ、ありがとうございます。みんな椎名さんみたいに見る目あればいいんですけどね～」

だから結衣は満面の喜色を浮かべた。

結衣の様子を見て安堵したように、彼《かれ》はようやく料理へ手をつける。

間違うことを過度に恐《おそ》れていて、小動物のように何をするにもおっかなびっくりで、それではとてもじゃないが持たないだろうと言いたくなる。

そのくせ、お金で結衣との時間を買っている。

だが、その歪《ゆが》みを責めるつもりはない。

健常な世界から一歩踏み外《はず》せば、誰も見ていないところへ出られる。後ろ暗い場だからこそ着飾《きかざ》った自分を捨てることができる。そういう救いもあるのだと今の結衣は知っている。

「そろそろ出ましょうか」

「え、あ、う、うん」

途端《とたん》にそわそわと落ち着かなくなる。この後、を意識したのだろう。

会計は椎名に出してもらう。経済力のある大人の椎名が、高校生である結衣に出してもらうわけにもいかない。そんなプライドを守るために必要なことだ。

「いつもありがとうございます！　ごちそうさまです」

お店を出た後にしっかりお礼を伝える。

当たり前を当たり前で済ませないことが結衣の客層では特に大事だった。

「ううん、このくらい大したことじゃないし」

言葉とは裏腹にはにかむ椎名を見れば、それが有用であることは言うまでもない。

「さ〜て、じゃあ行きましょっか」

椎名の腕を絡め取って頬《ほお》をすり寄せる。

最初よりも密着度の増したその状態では、結衣のやや控《ひか》えめな胸が椎名の腕に当たる。

「う、うん」

かくかくと首振り人形になった椎名とともに、これからママの店へと帰る。

三時間。

彼が買った時間だ。その間、結衣は彼の恋人《こいびと》となる。

店から許可された妥協案《だきょうあん》であり、誠也によって守られた彼女《かのじょ》の尊厳だった。

「さ、イチャイチャしましょ。彼氏さん？」

彼女の夜は、所有権が虫食いのように欠けている。

それが、ママの店に来た三年前からずっと変わらぬ結衣の日常だった。

◆◆◆

「あんた、角南結衣とか言ったっけ」

柄《がら》の悪い男に連れてこられたその場所は暗く、紫煙《しえん》に巻かれていた。

カウンターに肘《ひじ》をついた女——だろうか——がタバコの煙《けむり》とともに質問を吐《は》いた。

どぎつい化粧《けしょう》で彩《いろど》られた、大柄《おおがら》なその者は男と短くやり取りした後、見定めるようにじろりと結衣を見る。

「……そうだけど」

反骨心で睨《にら》み返してやると、彼、もしくは彼女が鼻で笑った。

「私のことはママと呼びな。あんたの上司ってとこだね」

自らをママと自称《じしょう》したその者は灰皿に吸っていたタバコを押《お》しつける。

「これからあんたの体は金を出した奴《やつ》の所有物になる。金を積まれた瞬間《しゅんかん》から、尊厳も自由もなくなる。どうするかは買ったやつの人間性次第《しだい》。少しでも無事を願うなら全力で媚《こび》を売ることだ。警察に駆《か》け込《こ》もうなんて考えない方がいい。トカゲの尻尾《しっぽ》がなくなるだけで、他の誰《だれ》かしらが報復に来る。……ま、私くらい食《く》い込めば話は変わるだろうけどね。仮にそうなったとしても命が惜《お》しいならやめておくことだ。……ここまでで質問は？」

明日の天気でも語るように結衣の行く先を暗示する。

「……別に」

語尾《ごび》が震え、伝播《でんぱ》したように指先も震え出して、結衣は誤魔化《ごまか》すように目を逸《そ》らして肘のところで手を組んだ。

横目でそれを流し見たママがほんの少し柔《やわ》らかくなった口調で言う。

「反発するのは勝手だけどね、ここに来る連中にはそういうのを粉々に砕《くだ》くのが楽しくてしょうがないってのもいる。後悔《こうかい》したくなかったら従順なふりしときな」

一応、うちの方針で後遺症《こういしょう》が残らないよう返せとは言ってあるけどね。

こともなげにつけ足された言葉に、また最悪の想像が更新《こうしん》される。

「そうさね、せめて丁寧語《ていねいご》で話す癖《くせ》をつけな。後、その生意気な顔を止めていつも愛想《あいそ》よくしてろ。そうすれば、少なくとも見た目だけは無事に返してもらえるさ。多分ね」

「……」

辛《かろ》うじて虚勢《きよせい》を張っているが、頭はうまく回っていなかった。

――これからどうなるの。

腕を無理やり引かれて車に乗せられた時から、そればかり考えている。自分が自分でなくなる、そんな漠然《ばくぜん》とした不安が胸に居座っている。

ママがおもむろにカウンターの電話を取る。

「加奈子《かなこ》を呼んどくれ。……ああ、そうか。もういないんだったな。他に手の空いてる奴は？　……そうかい、仕方ないね、じゃあ誠也を呼べ」

受話器を置いていくらもしないうちに部屋の奥から誰かがやってきた。

「何か用ですか」

結衣と変わらない年頃《としごろ》の少年だった。

不自然によれたシャツとカーゴパンツを穿《は》いた、ごくごく平凡《へいぼん》で中性的な雰囲気《ふんいき》の少年だ。どこか厭世的《えんせいてき》な雰囲気を持っている彼の顔には抜け落ちたように表情がない。

どこにでもいそうな容姿と、纏《まと》っている空気のギャップに、自身の将来を重ねて背筋が寒くなった。

「誠也。あんたがここのイロハを教えてやりな」

「他の人は？」

「他は手が空いてないか、他人に構う余裕《よゆう》がない」

「適切とは思えません」

「あんたはよくやってるよ。それに、歳が近い者同士の方が何かといいだろ」

虚無《きよむ》を固めて押し込んだような黒い瞳《ひとみ》が結衣を見た。

「……わかりました」

そう言うと誠也は結衣のもとへとやって来る。どことなく硬い歩き方。

「牧誠也だ」

差し出された手を無視して視線も逸らした結衣だったが、誠也は気にする様子もなく「ついてきてほしい」と背を向ける。

案内されたのは、数ある部屋の中の一つだった。

トイレや浴室といった最低限の設備があるだけの薄汚《うすよご》れた部屋だ。受付と同じ間接照明がワインレッドの壁を薄暗《うすぐら》く照らす。大きな特徴といえば、部屋の大半を占《し》める巨大《きょだい》なべッドがあること。そこには何によるものかもわからないシミがいくつも残っている。

――汚《きたな》い。汚い汚い汚い。

否応《いやおう》なくその用途《ようと》を想像させられて奥歯《おくば》を噛《か》みしめる。

「ここが角南さんの部屋になる。部屋の照明は枕元《まくらもと》で操作できる。道具などは全て棚《たな》に入っている。後で確認《かくにん》してほしい。応急セットも入っている。怪我《けが》が酷《ひど》かったら使ってもいいが、必ずお客様にお伺《うかが》いを立てて許可を取ること。そのままがいいと言う人もいる。その場合は可能であれば太い血管を押さえて出血量をなるべく減らす。死ぬと困る」

「怪我……って、なんで？」

「そういうのが好きな人もいる」

ベッドのシミには赤黒いものが幾つもあった。小さな点々としたものから、怖気《おぞけ》を感じるほど大きなものまで――

「う……」

思わず口を押さえた手が震えている。

そんな彼女の様子を気にも留めず、誠也は淡々《たんたん》と説明を続ける。

「飲み物は冷蔵庫に。毎日消耗品《しょうもうひん》は確認して足しておく。備品室は後で案内する。説明は以上だ。ここまでで聞いておきたいことは？」

「……牧さんは、その、大丈夫《だいじょうぶ》、だったの……？」

「大丈夫とは？」

「その、怪我……とか……」

「意識を失ったことはあるが、後遺症を患《わずら》ったことはまだない」

言いながら誠也は首をさすった。

なぜこの少年はこうも平然と話せるのだろうか。

「……牧、さんは何でここに……？」

恐る恐る見上げた誠也の顔には、やはり感情と呼べるようなものは浮かんでいない。それはやはりここでの仕事による影響《えいきょう》なのか。だとしたらいずれ自分もこうなるのか。

「母さんの借金を返すためだ。最近……少し男遊びが多かったから」

一瞬《いっしゅん》だけ、誠也の瞳が曇《くも》った気がして、結衣はそれを追いかけるように同意を示した。

「私と同じ、ですね」

まともな親を持たない者同士。

理解の及《およ》ばぬ環境《かんきょう》に一人ぼっちの結衣が、仲間を増やそうと必死になるのはある意味仕方のないことと言えた。

「勝手、ですよね。こっちのことはお構いなしで好き勝手して、尻拭《しりぬぐ》いだけ押しつけて……ほんと、殺してやりたい――っ」

「同じ、じゃない」

「……え？」

明らかに今までと毛色の違《ちが》う意志のこもった声に、結衣は誠也を見た。

「俺と角南さんは、同じじゃない」

彼の顔は、相変わらず分厚い無表情で覆《おお》われている。

「俺は、母さんの役に立てて嬉《うれ》しい。……嬉しいんだ」

それでも、結衣には彼が途方《とほう》に暮れているように見えた。


「あんた、やってくれたね」

数日後、結衣に宛がわれた部屋へママが足音荒《あら》く踏《ふ》み入ってきた。

矛先《ほこさき》を向けられたのはベッドの上にいる結衣だった。

剥《む》き出《だ》しの背中を向けたまま肩越《かたご》しにママを睨む。そんな二人を、赤く頬を腫《は》らした誠也が見ている。

「何を今さらカマトトぶってんだ！　あんたこういうの慣れてるんじゃないのかい。勝手に暴れてしっぺ返しを食らうのは結構だけどね」

ママに手首を軽く捻《ひね》り上げられて、結衣の下着に覆われた慎《つつ》ましい胸が露《あらわ》になった。金具の壊《こわ》れたそれは彼女のもう片方の手に支えられ、辛うじて役割を果たしている。

初めての客の相手をさせられた結果だった。

最初は目も合わせず消極的に会話していた。接客としては下の下だが、客の方は事情を理解しているようで反抗的《はんこうてき》な態度すらもニヤニヤと楽しんでいるようだった。問題はその後だ。撫《な》でさする手に、電撃《でんげき》のように嫌悪《けんお》感が走って咄嗟《とっさ》に抵抗したのだ。その結果、ちょうど結衣の足が男の股間《こかん》にクリーンヒットし、異変を聞きつけた誠也が駆けつけ、男を宥《なだ》めようとした結果苦情とともに殴《なぐ》られて今に至る。

「うちに迷惑《めいわく》を掛けることだけはするな。あんただけの問題じゃ済まなくなる」

冷たい声が俯《うつむ》く結衣に降り注ぐ。

「……うるさい」

目尻《めじり》に涙《なみだ》と敵意を滲《にじ》ませてママの手を振りほどいた。

「うるさい……っ。うざい、うざいうざいうざいっ！　もういや、全部嫌《きら》い！　知らない！　汚い！　汚い汚い汚い！」

髪《かみ》を振り乱して自身の身体を抱《だ》く。

この部屋にあるもの、取り巻くすべてが全身の神経をささくれさせる。

――なんでこんな目に遭《あ》わなきゃいけないの。

そればかりが頭を占めている。

ママのため息が聞こえた。

「誠也も、なんであんた庇《かば》うようなことした」

「……ごめんなさい」

ママが重いため息を吐く。

「まあいい。私も判断が甘《あま》かった。結衣を連れてきたあの男、嘘吐《うそ》いてたみたいだね。誠也、客の対応とか諸々《もろもろ》指導してやりな。しばらくこの娘《こ》のことは客から隠《かく》しておくから」

「……わかりました」

結衣を放置して淡々と話が進むのがまた感情を逆なでする。

「角南さん」

ママが去ったのを確認した誠也が結衣の乱れた衣服を直そうと手を伸ばした。

「触《さわ》らないでっ！」

「……わかった」

衝動的《しょうどうてき》に放った叫《さけ》びに、彼は大人しく従った。

ママとかいう女装野郎《やろう》は、男と二人きりにするなんて何を考えているのか。この誠也とかいう男も何でこんな平然としているのか。不満が後から後から噴《ふ》き出してくる。

——あんなことがあったのに。乱暴されそうになったの、に……。

「……っ」

「……」

　大人がいなくなって、張りつめていた緊張感《きんちょう》が切れてしまいそうになる。必死に涙腺《るいせん》を引き締《し》めて堪《こら》える。

「角南さん、このままだと風邪《かぜ》を引く」

「うるさい、出てってよ！」

　誠也の気遣《きづか》いも耳障《みみざわ》りなノイズにしか聞こえない。

「ママから頼《たの》まれた。そういうわけにはいかない」

　あくまで淡々と、誠也は一切《いっさい》の感情の揺らぎを見せない。

　邪見《じゃけん》にされた怒《いか》りも、面倒《めんどう》だという苛立《いらだ》ちも、あわよくばという下心も何もない。

　プロ意識というやつだろうか。

　あんなふざけた格好の奴に尻尾《しっぽ》振《ふ》って馬鹿らしい。

「角南さん。俺は指導役だ」

「……」

「角南さんを指導しなければならない」

「知らない」

「……そうか。俺は牧誠也。歳《とし》は角南さんの一つ上だ」

知らない、は誠也のことを知らないという意味で言ったわけではない。

少しずれた回答を、結衣は正す気もなく聞き流す。

「ここへは一年前に連れてこられた。角南さんと同じ歳のころだ。好きな色は青色。好きな食べ物は玉子焼き。苦手な食べ物は給食に出てくる目玉焼きだ。最近食べた物で美味《おい》しかったのはポテトチップスのしあわせバタ〜だ。コンソメが一番美味《うま》い。だが、しあわせバタ〜もとても美味い」

この男はこの調子で朝まで喋《しゃべ》り倒《たお》す気だろうか。やけにツッコミどころが多いし、食べ物の話ばかり――……。ペースに呑《の》まれそうになった自分を叱咤《しった》する。

「しあわせバタ〜という名前も好きだ。しあわせとついてるのもいいが、バタ〜という響《ひび》きもいい。しあわせになる。後は――」

「ねえ、これから私どうなるの？」

気の抜《ぬ》けるような独白を無理やり断《た》ち切る。

どんなに和《なご》ませようとしても、そんな心境になれるわけがない。

これから春になるというのに異様に冷えた指先を、祈《いの》るように組んで温める。

春。

ほんのすぐ先のことだというのに自分の姿が想像できない。

だが恐らくはまともではいられないのだろうという確信だけがあって、不定形の恐怖《きょうふ》が背中を焦《こ》がしている。

「指導って何をされるの？」

沼《ぬま》がある。

すでに膝《ひざ》ほどにまで埋《う》まっていて抜け出すことはできない。もがけばその分だけ早く沈《しず》み、かといって何もしなくてもじわじわと呑み込まれていく。

「私、どうしたらいいの……？」

周囲にはその様子を遠くから見ている者たちがいて、一様に顔を愉悦《ゆえつ》で歪めている。そいつらを喜ばせまいと気丈《きじょう》に振る舞っている。だが――

「……こわい、よ」

何かはわからないが、とても恐ろしいものが忍《しの》び寄ってきていることばかり理解できてしまう。それが――

「こわいの……っ」

「ああ、知ってる」

組んだ手をそっと包まれた。

結衣が抵抗すればすぐ離《はな》れられるように配慮《はいりょ》された優《やさ》しい触《ふ》れ方《かた》。

「俺もそうだった。その気持ちなら少しだけわかる」

ぎこちない、はりぼてのような笑みを誠也が浮かべる。

まるで自身の中にある破片《はへん》をすべてかき集めて辛うじて作ったような笑顔《えがお》。

「だから、大丈夫だ」

結衣のために隅々《すみずみ》まで探し、一生懸命《いっしょうけんめい》集めて、今はこれしかないけどと両手ですくって差し出されたような気遣い。

「これからずっと、絶対に俺は角南さんの嫌がることをしない」

伝わるだろうかという不安が瞳の奥に見える。

受け入れてくれるだろうか、間違ってはいないだろうか、自信のなさと必死さばかり伝わってくる。

「約束する」

人を慮《おもんぱか》るとはこれでよかっただろうか。

失ったものを想像で再現してみたような空虚《くうきょ》な思いやり。そこに、恐らくは過酷《かこく》な日々に磨《す》り減ってしまっただろう彼の在りし日の面影《おもかげ》を見た気がした。

「……私が駄々《だだ》こねたら進まない。そんなので、指導なんてできるの？」

「……」

揚《あ》げ足《あし》を取ってみれば、彼はプログラムがエラーを起こしたように停止する。

「……どうしよう」

呟かれた言葉はやはりどうにも間が抜けていて。

「……ふ、ふふ」

強張《こわば》っていた体の力が抜ける。彼に身構えているのが馬鹿らしいことのような気がしてしまう。

――どうせ逃《に》げ場《ば》がないのなら。一人ではどうしようもないとわかっているのなら。

「……わかった」

嫌だ嫌だと言い続けても状況《じょうきょう》が好転することはない。

追《つ》い詰められたネズミが腹を括《くく》るのに似ているかもしれない。

肯定《こうてい》の言葉を紡《つむ》ぐのに、唇《くちびる》は震《ふる》えてしまうが。

「あなたなら……いいよ」

落としどころ、なのだろう。

少なくとも、指導にかこつけて下劣《げれつ》な欲望を満たそうとはしてこないだろうから。

「……その代わり、約束して」

それでも、しっかりと楔《くさび》は打ちつけておく。

「どんなことがあっても——今の距離《きょり》感のまま、私たちの関係が絶対に変わらないこと」

「……」

「私のことを、絶対に好きにならないで。ここにいるってことはあなたもきっと大変な目に遭ったんだろうけど、私には関係ないし、興味ないし、どうでもいいから」

その言い草は一方的で、自分本位で、高圧的で、結衣自身もそれを自覚している。

「ああ」

誠也の顔色を窺《うかが》って、そこに落胆の色がないことを確認してようやく結衣は頷《うなず》いた。

「じゃあ、とりあえずは信用してあげる」

「そうか」

言葉ほどに誠也を受け入れてはいない。だが少なくとも。

「これからよろしくお願いします。先輩《せんぱい》」

「先輩？」

小首を傾《かし》げる誠也が小動物のようで、結衣は仄《ほの》かに笑う。

「おかしくないでしょ？　歳もそうですけど、ここでは先輩なんですから。先輩も、結衣って呼んでいいですよ」

「結衣さん？」

「結衣、です」

「結衣か」

「はい。結衣です」

「そうか」

「そうです」

少しとぼけた彼と結んだ関係に、不思議と悪い気分はしなかった。

第二章

　創にとって、目の前で仁王《におう》立ちしている教師は目の上のたんこぶのような存在だった。

「手塚ぁっ！　おまえ、いい加減髪の色どうにかしろと言ってるだろうが！」

　昼休みのことだった。

　教室から出るなり、不幸にもばったりと生徒指導の武田《たけだ》に出くわしてしまったのだ。筋骨隆々《りゅうりゅう》の鍛《きた》え上げた体がジャージの上からでもわかる、生徒からも恐れられている男だった。

「これ地毛だっつってんだろ」

「んなわけあるか！　根本黒くなってたことあったろうが」

「んなこと覚えてねえよ！　ほら、俺急ぐからまた今度な」

「また視聴覚室《しちょうかく》か。おまえら、あそこで変なことしてないだろうな」

「だから駄弁《だべ》ったり飯食ってるだけだって。それもいっつも言ってんだろ！」

　廊下《ろうか》を歩く生徒が気まずそうに脇《わき》をすり抜け、教室からはまたか、という視線を感じる。

「その割におまえ顔色悪いぞ。ちゃんと飯食ってんのか？」

「カップ麺《めん》ばっかの武田に言われたくねえよ！」

彼の机の下にたくさんのカップ麺が貯蔵されていることを創は知っていた。

「俺はいいんだよ。成長期の奴は栄養しっかり取らないと後が大変だぞ？」

「ちゃんと食ってんだっつーの。ああもう、遅《おく》れちまうからまた今度な」

「おい、こら手塚ぁ！」

制止の声も待たずに背中を向けて逃げ出した。

行先がわかっていても武田はそこまで追ってくるようなことはしない。半分諦めているのだろうと創は考えていた。階段を駆け上がって視聴覚室の戸を開く。

「来たか」

「創さん、どうもです」

先にいた誠也と結衣がこちらを見た。二人は横にして机の上に立たせたスマホと向かい合うようにして座《すわ》っていた。

「よ、遅《おそ》くなった。もう始めてるか？」

机のスマホを覗《のぞ》き込む。画面に表示されているのは亜梨沙のアカウントだ。

「いや、創を待っていた」

「マジか。わりぃな。じゃ、さっそく始めようぜ」

創の言葉で誠也がスマホを操作する。

相手にお伺いを立てる電子音が数秒ほど鳴って、画面が切り替《か》わる。

『……もしもし』

少し照れ臭そうにしている亜梨沙の顔は、いささか粗い画質の中でもため息を吐くほど整っていた。背景には女の子らしい部屋が映っている。

「よぉ久しぶり」

「お久しぶりですー」

『あの、お久しぶり、です』

微妙《びみょう》に視線を逸らしながらかしこまる亜梨沙に、創が噴き出した。

「おい、なんでそんな他人行儀《ぎょうぎ》なんだよ」

『いえ、あの、顔合わせて話すの久しぶりだから、どんな顔したらいいのかわからなくなっちゃって……』

「普通《ふつう》でいい」

『そう、よね。うん、ごめんなさい』

アプリでグループを作って連絡《れんらく》自体はちょこちょこ取っていたのだが、こうして顔を見る機会はなかった。

「わりぃな。そっちと時間なかなか合わねぇからあんまりこういうのやると邪魔《じゃま》しちまうかもと思ってよ」

『ううん、気遣ってもらえるのは嬉しいわ。実際ちょっと前まであんまり余裕なかったから』

「朝比奈さんずっと、もう英語聞きたくないーって言ってましたもんね」

『ずっとは言ってないわよ！　最初のうちはちょっと頭がいっぱいになってそんなこと愚《ぐ》痴《ち》ってしまったかもしれないけど』

三人は昼食を食べながら思い思いに話す。亜梨沙の方もたまにクッキーをつまんでいるようだ。

「今は慣れました？」

『ええ、だいぶ慣れたかしら。こう、すっと理解できるようになってきたというか』

「想像できない」

「確かにな。違う言葉が二つ頭に入ってるってどんな感じなんだろうな」

『手塚君って英語の成績よかったわよね？』

「そりゃテストはそれなりに取れてるけどよ、それとは訳が違うだろ……。俺《おれ》より勉強できる朝比奈がキツイなら俺はもっと無理だ。やっぱ本場だと違うだろ？」

『うーん、確かに授業で習ったのとは違ったわね。崩《くず》れた言葉とかは日本の授業じゃ習わないし。案外覚えてる言葉が和製英語だったりして伝わらなかったりね。でも結局慣れよ？』

「なるほどなぁ」

「くっ創さんが頭良さそうな会話してるの腹立たしいです。マイルドヤンキーのくせに」

「いや、そんなに難しい話してねえだろ。つか俺はヤンキーじゃねえ！」

「マイルドはいいんですね」

「創はマイルドだ」

「おい朝比奈、どうすんだ。俺マイルドになっちまったぞ」

『え、わ、私？』

予想外の詰められ方に亜梨沙があわあわとしている。

マイルドヤンキーからヤンキーを取るという発想をしたことがなかったらしい。マイルドになっちまったとはどういう状態を指すのか。言った本人にもわからない。

『え、えー、ごめんなさい？』

「おーおーどーすっかなー」

『え、許してくれないの？　マイルドなのに？』

「朝比奈さん、マイルドにも派閥《はばつ》があるんですよ。ね、先輩？」

「ああ、創は過激派マイルドだ」

『え、マイルドなのに？』

そんな掛け合いをしていると、あっという間に昼休みは残り少なくなった。

「そろそろ時間だな」

創がスマホを覗きながら言った。

「もうですか？　ほら～創さんが遅れるから～」

「悪かったって！　武田がしつこかったんだよ」

『武田先生懐《なつ》かしいわね。まだ追いかけっこしてるの？』

「不本意ながらな」

『ふふ、今度その話聞かせて？　だいぶ時間に余裕はできるようになったから』

「……仕方ねえな。じゃあまた今度な」

『うん、じゃあみんなまたね』

「お疲《つか》れ様《さま》でした！」

「楽しかった」

亜梨沙が嬉しそうに笑ったのを最後に通話が切れて、何となく弛緩《しかん》した空気が流れる。

「元気そうだったな」

創の言葉に二人は頷いた。

一時期は本当に大変だったようで連絡の取れない時期があった。一応誠也と通話くらいはしていたらしいが、彼曰《かれいわ》く一度精神的な疲労《ひろう》で倒れたと聞いた。最近はメッセージもそれなりに返ってくるようになったが、それでも実際に元気な姿を見て大丈夫なのだとようやく安心できた。

予鈴《よれい》が鳴り各々《おのおの》の教室へと戻《もど》る。午後は数学だ。

本当は好きな科目のはずなのに、げんなりとした気持ちになる。

「牧。これやってみろ」

教師が平然とした表情の裏に軽率《けいそつ》な悪意を乗せて言った。

素直《すなお》に前へ出て黒板と向き合うがその手は動かない。

「すみません。わかりません」

「そうかそうか。戻っていいぞ」

愉悦を隠しきれない声色《こわいろ》が誠也を席に戻す。

「まあ無理だよなぁ。今さら焦《あせ》ったってもう遅いんだからなぁ？」

どうやらあの男は、誠也が勉強を始めたのを自身にすり寄ってきたかのように錯覚《さっかく》しているらしい。大人は敵だ、などと極端《きょくたん》な思想を持ち出すつもりはない。誠也が勉強に力を入れ始めた時、その変化を喜び協力してくれたのもまた他の教師なのだから。

それでもこういうことがあると、誰かを頼《たよ》ることが怖《こわ》くなる。

この現状は学校を卒業して仕事に就《つ》いて、本当の意味で自立すれば何か変わるのか。

成人すれば、大人になれば、誰かに頼ることなく生きていけるのだろうか。貼《は》られたラベルに動じずにいられるのだろうか。

最近はそんなことばかりが創の頭を掠《かす》めていた。

◇◇◇

「そいつ危ないわよ！」

食堂に大声が響く。彩色《さいしき》豊かな視線が亜梨沙と友人の二人に集まった。

「ちょ、ちょっと、静かに……」

「アリサ、それ彼氏《かれし》取られるわ！」

声を潜《ひそ》めながら叫ぶという器用なことをしながら彼女は緊急性《きんきゅうせい》を訴《うった》える。

「そんな大げさな……」

誠也とのことを根掘《ねほ》り葉掘《はほ》り聞かれていた。そこから視聴覚室メンバーの話になり、結衣の話になり、今に至る。

「いいえわかってないわ。あんた人がいいから」

ズビシ、と指差されて少しむくれる。

「別に、そんなんじゃないもの。角南さんはいい娘よ」

しかし対面の彼女は、わかってないとばかりに猛反論《もうはんろん》してくる。

「恋《こい》は戦争なのよ。不意打ちされても知らないんだから。とにかくそのスナミって奴、気をつけた方がいい。諦《あきら》めた振《ふ》りして油断したところを奪《うば》い取るなんて常套手段《じょうとうしゅだん》よ。本気になった女は手段なんて選ばないんだから」

ゴシップ好きな彼女らしい考え方だが、どうにも納得《なっとく》しかねる部分もある。

「その気だったら私が会う前にもう付き合ってる気がするけど」

「わかってないわね、アリサ。友達以上恋人未満の関係に酔《よ》ってる間に掻《か》っ攫《さら》われて慌《あわ》てて取り返そうとするなんてこと、よくあるわよ」

「うーん、あるかしら……」

やはりゴシップ誌の読みすぎな気がする。

そう思いつつも、ハッキリと否定できないのは、亜梨沙が結衣のことをよく知っていると言えないからだ。ちゃんと交流するようになったのは引《ひ》っ越《こ》してからで、彼女の為人《ひととなり》を知れているかと問われると自信はない。いい娘なのだという認識《にんしき》はあるが、自身の審美眼《しんびがん》に特別自信があるわけでもない。それでもやはり疑うほどには至れないが。

「誰かを本気で好きになるって、自分も世界も変わっちゃうものなんだから」

しかし、友人の最後の一言だけは自身の経験を以《もっ》て肯定せざるを得なかった。

夜になって、亜梨沙は自身のスマホと睨めっこをしていた。

昼間の友人の言葉を信じたわけではない。ただ会話の中で再認識させられた、三人のことを何も知らない、という事実は少しだけ亜梨沙の中で後ろめたさのようなものを残した。

三人と自分の間に隔《へだ》たりのようなものを感じている。

何かモヤのようなものがあって、それが彼《かれ》らに近づくことを妨《さまた》げているのだ。

『みんな、元気?』

現状を打破しようとした結果が、四人のグループチャットに送ったよくわからない文面だった。他になかったのか、と終わってから自分にツッコミを入れてしまう。

『元気だ』

『おう、急にどうした？』

『元気ですうううぅぅぅ！』

三者三様に返ってくるそれ――結衣は動物のスタンプ付き――に、亜梨沙はごめんなさいーと胸中で謝《あやま》る。返事をもらったはいいがなんと返したらいいかわからない。

と、スマホに着信が来た。創からだ。

「……もしもし」

『よお朝比奈。なんかあったのか？』

わざわざ電話を掛《か》けさせるほど変だったか。少し顔が赤くなってしまう。

「いいえ、別に。みんな元気かなって……思って」

『んおぉ。いや、元気だけどよ』

戸惑《とまど》ったような返事に、少し笑ってしまった。

「今そっちは昼休みよね？　今日はみんないつものところにいないの？」

『誠也が勉強のことで職員室行ってるし、俺も野暮用《やぼよう》があったから今日は別行動だ。本当ならこういう電話もあいつが掛けた方がいいんだろうけどよ。わりいな』

「ううん。むしろなんだかごめんなさい。気を遣《つか》わせたみたいね」

誠也がこういう細やかな気遣いをするのは想像しづらい。あったとして、創が気を利《き》かせて誠也にそうすることを促《うなが》した結果な気がする。そう考えると——

「手塚君と牧君って、すごく仲いいわよね」

そんな感想が零《こぼ》れる。何というか特別感があるというか、そんな印象だった。

『ん？　まあ幼馴染《おさななじみ》ってやつだからな』

「何歳《なんさい》くらいから？」

『あ〜……まあ小学校上がる前とかだよな。公園で俺が一人で遊んでたのを誠也に巻き込《こ》まれたんだ』

「巻き込まれた？　え、ていうか牧君から誘《さそ》ったの？」

『昔のあいつは台風みてえな奴《やつ》だったよ。関わった奴全員もみくちゃにして仲良くなってくんだ。俺ぁ当時ハブられてたんだけど、誠也には関係なかったみてぇだな』

「どうして？　目つき悪いから？」

『……おまえ、意外とぶっこんで来るのな』

別にいいんだけどよ、と苦笑《くしょう》ぎみに言われる。

『俺、親いねえんだ。児童養護施設《しせつ》で育ったんだよ』

「……あ、の、ごめんなさい」

思わず謝った亜梨沙に創は、なあ、と問いかける。

『親がいないとかって、やっぱ謝られるようなことなのか？」

責めるつもりではないことは口調から伝わる。単純に浮《う》かんだ疑問をぶつけただけという印象だ。だからこそ亜梨沙も冷静に答えられた。

「……うーん。親がどうこうというより、手塚君の事情に変に踏み込んじゃったなって」

『そうか。まぁそうだよな。別に気にしちゃいねぇんだけどなぁ』

引け目に感じている者も少なからずいる類の話であり、どうしても腫れ物のような扱《あつか》い方になってしまうのは仕方のないことなのだろう。当人がどう考えているかを知らない以上、そうするしかない。気を遣うからこそ、引け目を感じさせてしまう。

そこに悪人はいないのに、すれ違った摩擦《まさつ》が小さな火傷《やけど》を作ってしまう。

「ね、気にしてないなら、もっと話聞かせて？」

なら知っていけばいい。小さな火傷程度で十分にお釣《つ》りが来るくらい仲良くなればいい。

誠也とだけでなく、みんなともっと仲良くなりたい。今日の亜梨沙は少し気合が違った。

『まあいいけど』

「今もその施設から通ってるの？」

『いや、今は一人暮らしだ。罪滅《つみほろ》ぼしのつもりか知らねえけど親が置いてった金があるから、家賃とか学費とかはそっから出してる。思うところはねえでもねえけど金は金だからな』

　創の話す事情は傍《はた》から見れば重いのだが、当の本人は何でもないことのように話している。彼にとってはそれが普通なのだから、変に同情の目を向けるのは失礼なのかもしれないと亜梨沙は思う。

『話戻すけど、昔は親がいねえって理由でよく周りの奴と喧嘩《けんか》になったんだよ』

「友達がいないって言ってたのはそういうことなのね」

『そういうことだ。それもあって誠也にはその家族含《ふく》めてすごく世話になった。別に家族がいないことに引け目なんてなかったけどよ、それでもこの人たちの家族になりてえって思うくらいにはよくしてもらった』

　追想する創の声には柔《やわ》らかな響きがあって、かけがえのない思い出であることが窺えた。

「そうなんだ。……じゃあ角南さんとはどういう経緯《いきさつ》で知り合ったの？」

『結衣か？　……あー、あいつは誠也とバイト先が同じなんだよ。……そういえば、あいつにも俺の話したことねえな。結衣の事情も聞いたことねえし』

「そうなの？　あんないつも一緒《いっしょ》にいるのに？」

『今さらタイミングねえしなぁ、お互《たが》いにある程度察してるしよ。ま、一緒にいて楽ならそれでいいんじゃねえの。話したいと思ったら話すだろ。俺も結衣も』

ドライなのか、わかり合ってるからなのか。その距離感はまだ亜梨沙には理解が難しい。

『つかあいつ、誠也を追っかけてうちの高校……いや、これは朝比奈に言うことじゃねえな』

「あの……うん」

仲良くなる。燃えていた火が揺《ゆ》らいで、曖昧《あいまい》な返事で途切《とぎ》れさせてしまう。

『わりぃ。……ま、だけど大丈夫だ。結衣はああ見えてスジは通す奴だし、誠也は言わなくてもわかるだろ。心配することねえから。万が一なんかあったら俺がぶっ飛ばしてやるしよ』

「……ええ。その時はお願いするわ」

あえて軽い調子で言ってくれた創に、亜梨沙は感謝の念とともに冗談《じょうだん》で応《こた》える。心配するようなことはないのだろう。みんないい人なのだから。ただふと創の呟《つぶや》いた――

『……誰《だれ》かが幸せになるなら誰かが我慢《がまん》、な』

その一言が、なぜかとても重く響いた。

◇　◇　◇

「あれ」

結衣がクラスメイトとの連絡用に登録したSNSへメッセージが来ていたことに気づいたのは、授業の合間の休み時間のことだった。

送り主は見覚えのないアカウント。

『今日の放課後、校舎裏に来て』

過去の経験から、結衣はこれが告白の類であることを察した。

「あそこ結構寒いんですけどねー」

「どうかしたの？」

独り言を聞き留めたクラスメイトに、何でもないです、と言いながら了承《りょうしょう》の旨《むね》を返信する。

放課後の校舎裏はちょうど影《かげ》になる場所で、冬だと殊更《ことさら》に冷えるため人目がなくなる。

身の危険すら感じるその場所に、結衣は特に気負うでもなくいつもの飄々《ひょうひょう》とした態度で呼び出し人を待つ。

「よぉ～待った？」

「ええ、なかなか待ちました」

やがて現れた男子生徒には見覚えがあった。

創とはまた違《ちが》った意味で有名な二年生だった。女と見れば誰にでも手を出す問題児だ。そして、半年前亜梨沙にフラれて暴言を吐《は》いた男だと聞いている。

「結構はっきり言うタイプなのな」

「はい。こんな寒いところでうら若き乙女《おとめ》を待たせたのです。文句の一つや二つ、受け止めてくれてもバチは当たりませんよ？」

「ごめんて～」

「ま、いいですけど。ご用件は何ですか？」

結衣が本題を急《せ》かすと彼は実にあっけらかんとした態度で言った。

「俺と付き合ってくんね？」

「私、あなたのお名前も知りませんけど」

「ああ、わりいね。俺《おれ》は峰岸巧《みねぎしたくみ》。きみは結衣ちゃん、な？」

「正解です。何で知ってるんですか？　気味悪いですね」

自分の身体を抱《だ》く動作をしてみれば、巧はふはっと噴き出した。

「俺先輩《せんぱい》なんだけど普通そこまで言う？　面白《おもしろ》いね結衣ちゃん」

明るく言いながら巧の目は笑っていない。あまりからかい過ぎない方がよさそうだ。

「それは失礼しました。何せ初対面なので……で、何で私と付き合いたいんです？」

「えー結衣ちゃん可愛《かわい》いじゃん？　ずっと気になってたんだよねー。で、一年に聞いて回ってアカウント教えてもらったわけ」

「なるほど……」

亜梨沙の時のように下駄箱《げたばこ》ラブレター戦法は使わなかったらしい。もっとも、彼女《かのじょ》の場合知らない人から連絡が多すぎてそういう手合は徹底的《てっていてき》に無視するらしく、ラブレターはそれ故の苦肉の策だったのだろうが。その余波で校内ではラブレターが少しだけ流行《はや》った。

「ほら、教えたじゃん。そろそろ返事聞かせてよ」

「えーと、お断りします。私好きな人いますし」

すっと巧の目が細まる。

「……それって、あの不良？」

「不良……創さんのことですかね？」

視聴覚室に入り浸《びた》る三人のことは、主に創のせいでかなり有名である。

「残念だけど違いますよ。そっちじゃないです」

「そっちじゃない？　……ああ、あのキモコンソメかよ」

「……ふふ」

あまりにもあまりなネーミングが飛び出してきて、露骨《ろこつ》にテンションの下がった巧とは反対に笑ってしまう。確かに誠也はポテトチップスのコンソメが大好物である。しあわせバタ～にハマっていた時期もあるが、結局原点回帰したのだ。なぜ彼がそれを知っているのか。

ともあれ、結衣的には許しがたい発言なので釘《くぎ》を刺《さ》す。

「さあ誰でしょうね。とりあえず次先輩をバカにしたら私帰りますから」

「……あいつのどこがいいわけ？」

「誰のことかはわかりませんが、語らせるとそのまま冬が終わりますけどいいですか？」

「長っ、一言で」

「全部です」

「あっそ」

心底どうでもよさそうに返事をされた。

「あんな地味野郎《やろう》より俺にしとかない？　俺の方がよっぽど結衣ちゃんを楽しませられる自信あるわ」

「難しいと思いますけどね」

「行ってみないとわかんねえじゃん。それにさ、あんだけ一緒にいて付き合ってないってことは結衣ちゃんとあいつはもう無理ってことでしょ」

「それは……」

巧のあてずっぽうで撃《う》った弾《たま》が思いのほか痛いところをついて結衣は口ごもった。その様子を見逃《みのが》さなかった巧がさらに追い打ちをかける。

「ほら、別に今すぐ付き合えなんて言わないって。まずは友達として遊んでみよ。な？」

「……まあ、友達ならいいですけど」

勢いに飲まれて了承してしまう。

「おっしゃ。今から結衣ちゃんと俺は友達な」

「でも、変な期待はしないでください。あなたが辛《つら》くなるだけですよ」

「おっけおっけ大丈夫《だいじょうぶ》。じゃあさっそく今度遊びにいこーぜ」

聞いているんだかいないんだか、あれよあれよという間に約束を取りつけられる。

「んじゃ、連絡すっから」

「はぁ……」

結衣の曖昧な返事は、果たして一方的に告げて去っていくその背中に届いていたのか。

さっそく巧から連絡が来たのは金曜の昼休み、視聴覚室にいる時だった。

『土曜って空いてる？　軽く遊びに行こっ』

メッセージの終わりにははしゃいでいる顔がくっついている。

その日は幸いというべきか生憎《あいにく》というべきか予定はなかった。

「……先輩は」

ぽろりと口から零れてから我に返る。

「どうかしたか？」

誠也はスマホとにらめっこしていた顔をこちらに向ける。

恐《おそ》らくは亜梨沙とメッセージのやり取りをしていたのだろう。

「……いいえ、なんでも。先輩の顔が見たくて呼んだだけです」

「そうか」

視線を戻す誠也だが、スマホを持つ手を不自然に中空に上げた。

結衣に配慮して顔が見やすいようにしたのだろう。

「あー先輩《せんぱい》。ほんと先輩」

「空の先輩やめろ。ただでさえこっちは普段《ふだん》から先輩先輩聞いてるのに鬱陶《うっとう》しいんだよ」

「別に創さんには言ってないですぅ！」

できる限り癪《しゃく》に障《さわ》る口調で舌を出すと、創は露骨に舌打ちをした。

「こ、こわー！　不良こわー」

「……いっそ本当に不良になってやろうか」

怒《いか》りに拳《こぶし》を震わせる創をよそに、誠也がスマホを横向きに机へ置く。

金曜日は亜梨沙と話す日だ。前の通話からそういう流れができていた。

『あ、こんばん……じゃなかった、こんにちは』

画面に映し出された亜梨沙は落ち着かない様子だった。いつものことだ。

「なんで毎回そんな照れてんだよ」

『え、となんかみんなに見られてるの落ち着かなくて……』

「でもこっちにいた時とか、結構注目されてたじゃないですか」

『だって、こんな面と向かって見られることはなかったもの』

ちょっとだけ拗《す》ねたような言い草は、同性の結衣から見ても可愛らしい。案外みんなが注目していたのは、凛《りん》とした所作の合間に混ざるこういった無垢《むく》な反応を見たかったからではないか。そんなことを考えてしまう。

「朝比奈さん、もう大丈夫なのか？」

『ええ。前も言ったけど、もうだいぶ落ち着いたわ』

誠也の少し言葉が足りない質問に亜梨沙は当然のように答えた。

結衣の知らない間に二人は順調に距離を縮めているようで、そう考えると顔のどこに力を入れれば笑顔《えがお》を保てるのかわからなくなる。

『逆に半端《はんぱ》に空いた時間を持て余しちゃって。みんなってそういう時どうしてるの？』

「俺ぁ適当にぶらぶらすっかなぁ」

「寝《ね》る」

『三文字……牧君、結構家だと寝てること多いわよね』

亜梨沙の優《やさ》しげな瞳《ひとみ》が恐らくは画面上の誠也を見ている。

「……私は本を読みますかね～」

『角南さんって読書家よね。最近は何読んでるの？』

「星の王子さまです。昔授業でやった内容がずっと頭に残ってて、読む本なくなったしちょうどいいかなって思いまして」

「面白いのか？」

「はい。もう少しで読み終わりますから、よかったら先輩にも貸しましょうか？」

「頼《たの》む」

『あれって世界の名作とかにもよく名前挙がってるわよね』

「大切なものほど目に見えない、だっけか？　ああいうのって読む時期で印象変わるよな」

『わかるわ。昔気づかなかった伏線《ふくせん》とか、メッセージ性とか見えたりしてね』

「……先輩、頭いい人たちがまたなんか頭いい会話しててついていけないです。こっちで、はらぺこあおむしについて語りましょうか……」

「わかった」

「おまえが星の王子さま出してきたんだろうが！」

『はらぺこあおむしって児童書よね？　懐かしい……』

「最近部屋を整理した時に読みました。私は全部食べるのは無理だなと思いました」

「小学生かよ」

そんな風にわいわいと四人で賑《にぎ》やかに過ごす中、それを差し込まれたのはちょうどみんなが口を閉じて偶発的《ぐうはつてき》な間が空いた時だった。

「朝比奈さんに会いたい」

伝えるというよりは、浮かんだ欲求をそのまま呟いたような独白。

「……」

誠也に浮かぶのは、恋心《こいごころ》というよりはもっと切実に見える表情。

『……うん』

いつものように慌てるかと思った亜梨沙は、小さく呟き俯《うつむ》いた。スマホの少し粗《あら》い画質でもわかるくらいその顔は紅《あか》く染まっていて――

「じゃあそろそろ本当に遅れちゃうので切りますね。朝比奈さん、また今度通話しましよ！」

『あ――』

気づけば通話終了《しゅうりょう》のマークをタップしていた。

「おい、おまえ……」

何か言いたげな創の視線をかわして、結衣はスマホを誠也に手渡《てわた》した。

「……さ、後片付けして行かないと遅れちゃいますよ」

「わかった」

「……そうだな」

寒々しい気配に突《つ》っつかれて逃《に》げるように視聴覚室を後にした。一目散に自分の席について授業の準備を始める。教師が入って来たのはそれから十分後だった。

授業が始まってからも頭の中がざわざわしていて落ち着かない。コールタールが胃の底で重く波打っているような不快感がある。

不意にスマホが震《ふる》える。

『おい、大丈夫か？』

誠也とは違った方向性で簡潔な文章は、創がメッセージを送る時の傾向《けいこう》だ。

少し考えて、文面を打つ。

『心配するくらいなら、最初から頭のいい話をしないでください。置いていかれた私が爆《ばく》食《ぐ》いして美しい蝶《ちょう》になったらどうするんですか』

数分の間が空いてスマホが震える。

『あおむしじゃねえんだよ。言うほど頭いい会話してねえし』

合わせてくれた創の返事に満足して、続けて亜梨沙へとメッセージを送る。

『さっきは急に終わらせてしまってすみませんでした』

柔らかなタッチで描《か》かれた犬のスタンプとともに送信する。

『うん、大丈夫』

亜梨沙からも同じようなタッチの猫《ねこ》のスタンプとともに返事が来た。二人が送り合ったスタンプは、結衣が可愛いと言って亜梨沙にオススメしたものだ。

許してくれるのはわかっていた、と言えば言い方は悪いが、彼女が誠意を見せれば認めてくれる類の人間であることは知っていたし、そういうところに好感を持っていた。

『授業は大丈夫だった？』

『はい。大丈夫ですよ』

ありがとう、と書かれたアリのスタンプとともに返す。

亜梨沙は優しい。

本人はそう思っていないようだが、それは望む理想が高すぎるからだ。いつも相手のことを慮《おもんぱか》って行動できる人間を優しいと言えないのなら、あまりにハードルが高すぎる。

そんな亜梨沙だからこそ結衣は――

アプリを閉じようとして、見慣れないアカウントが目に入る。

『土曜って空いてる？　どっか遊びに行こっ』

既読《きどく》だけつけて放置していた巧のメッセージだ。

半ば衝動的《しょうどうてき》に打ち込む。

『いいですよ。その日は暇《ひま》なので付き合ってあげます』

やや生意気な返答を打ち込んでいると既視感《きしかん》を覚える。

あの時の誠也は何と答えてくれただろうか、そんなことを考えた。

◆　◆　◆

『よかった。指導したい』

土曜の予定を聞く誠也のメッセージに生意気な了承を返して、面白みの欠片《かけら》もない返事が来たのは数日前のことだ。

「結衣は男の扱いに慣れているな」

とは、接客を教えるという名目でデートをした帰りでの一言だった。

「ああ。私、パパ活で借金返してたので」

誠也の腕《うで》に自分のそれを絡《から》ませながら歩く。

行為《こうい》こそ恋人《こいびと》のそれだが二人の間に甘《あま》い空気はなく、ドライな雰囲気《ふんいき》を密着した体の間にかませている。

「ママから聞いた気がする」

「あの人は勘違《かんちが》いしてたみたいですけど、別にえっちなことはしてませんよ。食事をして話すだけです」

「そうなのか。相手はすぐ見つかるものなのか？」

「駅とかで声掛けたらいくらでも。SNSの方が確実ですけど、警察が一般人《いっぱんじん》を装《よそお》ってたら逃げようがないので私はやってません。……絶対に親にバレたくなかったので」

歩行者用信号が赤になって立ち止まる。

自分の借金を娘《むすめ》にも返させているくせに危ないことはするなという。見栄《みば》えばかり気にしてくだらない。誰のせいでやる羽目になったんだ。思い出すだけで結衣の眉間《みけん》に皺《しわ》が寄る。

「危なくはないのか？」

「あの店で働いてる先輩《せんぱい》が言います？　あそこよりよっぽど安全です、多分。そりゃー……たまに揉《も》めることもありましたけど」

性行為《せいこうい》の禁止という取り決めは最初にしている。

それでも回数を重ねると期待する者も現れるものだ。

『おい、俺《おれ》はこんなことのために親切にしたわけじゃないぞ！』

と、勝手に期待して怒鳴《どな》り迫《せま》ってくる男もいた。

もっとも、リピーターになってもらうため体を押《お》しつけて劣情《れつじょう》を煽《あお》ったりもしたので結衣側にも責任がないとは言えないが。どうしても新規で探すのはリスクが高い。

そういう時は下手に抵抗《ていこう》せず手だけ使って満足させた。そうすれば次にはもっと先があると期待して大人しく帰ってくれるからだ。当然、その後は連絡《れんらく》を絶つ。

他の同じような娘はどうだか知らないが、自分はあくまでドライに計算高く。

うまく立ち回っていたつもりだった。

信号が青になり、結衣は横断歩道の白線だけを踏《ふ》みながら歩く。誠也と組んでいる腕が離《はな》れたりくっついたりを繰《く》り返す。

「あの男に声を掛けたのが運の尽《つ》きですね」

『おまえか。うちのシマを荒《あ》らしてるのは』

その日声を掛けた男は、開口一番にそう言った。

詳《くわ》しい事情は知らないが、結衣が商売の邪魔《じゃま》になったのだろう。

結局うまくやっていたつもりで、その実ただの子どもの浅知恵《あさぢえ》だったということだ。

「きっと本当はまだあのお店に連れてこられるほど切羽詰《せっぱつ》まってたわけじゃないんです。借金の金額も、多分他の人より少ないだろうし」

男とママの店がどんな関係だったのか、知る由もない。

だが事実として、結衣は今こうしている。

「どうして、なんて考えても意味ないんでしょうね」

運命だとか、神の試練だとか、そんなものを信じるような性格ではない。世の中は理不尽《りふじん》に苦行を課すし、それしかない道を選んだのに通せんぼされることもある。なるようにしかならない。道が決まってしまったのなら、さっさと諦めるのが一番楽だ。

「辛いか？」

「今さらですよ」

ふ、と冷笑《れいしょう》する。ママの店の収まるビルが見えてきた。

「先輩こそ、辛くないんですか？　もう一年ここにいるんですよね」

「俺は……」

口ごもる。

「俺は、嬉《うれ》しい」

「……」

「母さんの役に立てて嬉しい」

前にも聞いたそれは、結衣には自己暗示に見えた。まるで洗脳だな、と思う。

「そうですか」

かといって彼の事情に首を突っ込もうという気はない。それが彼なりに考えた結果の処世術なら、結衣がどうこう言うものでもないだろう。人嫌《ひとぎら》いの結衣にしては珍《めずら》しく誠也のことを受け入れてはいるが、同時に深入りするつもりもなかった。

今通っている学校にしたって親しい友人はいない。どこから漏《も》れたのか、結衣の家庭事情はクラスメイトには既知《きち》の事実で腫《は》れもの扱いだった。パパ活の噂《うわさ》もあればなおさらだ。

最初から理解されることを期待しなければ辛いこともない。

誠也を他よりも自分の近くに据《す》えたのも気紛《きまぐ》れで、似た境遇《きょうぐう》の彼に興味を持ったからだ。

絡めている腕を強く抱いてみる。

「どうした？」

こちらを見る誠也の目には純粋《じゅんすい》な疑問だけがある。

何の期待も思惑《おもわく》もない空っぽの瞳だ。その反応に満足して結衣は笑《え》みを向けた。

「いいえ、何でも。……先輩といるのは気が楽です」

「そうか」

都合のいい存在、という表現が一番しっくりくる。

結衣にとって誠也とは正にそういう存在だった。

余計なしがらみを作りたくはないが誰かと意味もなく言葉を交《か》わしたい。そんな時、気軽に話しかけられるのはとても楽だ。彼の在り方は基本的に無欲かつ素直《すなお》でわかりやすい。

誠也と一方的に約束し、平行線であることを求めた関係性は存外の益をもたらしていた。

「さっきも話したが、今日はこのまま部屋へと向かう」

部屋、とはあのベッドが占領《せんりょう》している部屋のことだろう。

――だから、これはその対価。

誠也を都合よく利用しているのだから、自分もそうされるだけのこと。

そう思えば納得できる。

事前に説明されている以上、言っている意味には曲解の余地もない。

守ってきた結衣の形が、今日少なからず崩《くず》される。

ところどころ蛍光灯《けいこうとう》が切れて薄暗《うすぐら》い階段を淡々《たんたん》と上る。縞《しま》鋼板の階段と砂埃《すなぼこり》の擦《す》れる音が段数を数えるのを聞きながら、誠也の背中を追いかける。

扉《とびら》を開くとタバコの臭《にお》いが鼻をつき、いつものようにママがカウンターで出迎《でむか》えた。

「ただいま戻《もど》りました」

「おかえり。どうだった？」

「外での接客は申し分ないです。学ばされることもありました」

本人が目の前にいるにも拘《かか》わらず品評会が始まる。所在なく結衣は視線を落としていた。

「じゃあ後は肝心《かんじん》のとこがどうなるかだね」

体が強張《こわば》る。

覚悟《かくご》はしていたが、それでも実際その時が来るとやはり身構えてしまう。

「結衣、行こう」

「……」

奥《おく》へと消えていく二人をママが視線だけで見送った。

部屋には相変わらず衛生的とは言えない見た目の大きなベッドが収まっている。

ママがいた受付と同じ間接照明は都合の悪いシミや汚《よご》れを隠《かく》すように薄暗い。

「前にも言ったが、ここは結衣の部屋になる。仕事に差し支《つか》えない範囲《はんい》で好きに使っていい」

「じゃあまずはこの汚《きたな》らしいベッドをどうにかしたいですね。これをそのまま放置してる感性を疑います」

憎《にく》まれ口《ぐち》を叩《たた》くが、誠也は「それもいい」と容易《たやす》く流した。

「前使っていた人はそれを気にする状態じゃなかった」

「……それ、今言います？」

わざとらしく口を尖《とが》らせれば、誠也は「ごめんなさい」と素直に謝った。

「だが、加奈子さんにはよくしてもらった。人格を疑われるのは悲しい」

「その人、今は？」

「わからない」

たった五文字の返答が、重く伸《の》し掛かる。

「座《すわ》ってくれ」

促されてベッドの縁《ふち》に腰掛《こしか》ける。ふとももに乗せた手を握《にぎ》り込む。

誠也が隣《となり》に座った。ベッドが沈《しず》み、誠也の方へと体の重心が流れる。

「怖《こわ》い、と思う」

ほとんど囁《ささや》くような声量でも、しっかりと聞き取れる距離《きょり》だ。

「慣れる、とは言わない。苦しいままということもあり得る」

彼は気休めを言うような性格をしていない。

「楽しもうとしなくていい。それができれば一番だが、気持ち悪いと思って構わない。それを演技で隠すようにするための指導だ」

だが、見え見えの気休めなら、ない方がよっぽどマシだ。

「本当に嫌《いや》なら触《さわ》らないで、と言ってほしい。少なくとも指導の間はある程度考慮《こうりょ》する」

「前置きはもういいですから、さっさと始めてください」

思いのほか強い口調になってしまったが、誠也は気にした様子もなく頷《うなず》く。

「わかった」

ごく自然に腰《こし》に手を回されて、軽く引き寄せられる。反対側の手は結衣の手を握った。

「綺麗《きれい》な指をしている」

「ありがとうございます。雰囲気作りってやつですか？」

「そうだ。でも指が綺麗なのは本当だ」

「……そう、ですか」

積もる緊張《きんちょう》を払《はら》うように指の背を撫《な》でられる。

淡々としているせいか、この時点でまだ不快感はなくされるがままに任せる。

誠也が結衣の後ろから手を回し、反対側の耳を指でなぞり出す。

「……耳、なんて変態ですか」

「いやだろうか？」

「……別に。ただ、くすぐったいだけです」

腰の辺りにこそばゆい感覚が走って身をよじる。

——ただ指で耳を触《ふ》れられているだけなのに、なんでこんな……。

拒否《きょひ》感がないと言えば嘘《うそ》になる。

だが、想像していたよりも嫌悪《けんお》する気持ちは少なかった。飲み物の好みによらず水を嫌《きら》う人は少ないように、無味《むみ》乾燥《かんそう》な誠也の在り方が大きいように思えた。

「先輩は、手慣れてますね」

なんだかいいようにされているのが気に食わなくて少し噛《か》みついてみる。

「お客さんにもそんな感じなんですか？」

「そんな感じ、とは？」

「無表情で、何考えてるか、わからない感じ、です」

「そうだ」

「こ、怖がられ、ん、ません？」

体の内から溢《あふ》れそうになる。我慢しようとするとうまく話せなくなる。

そんな結衣のことを誠也はじっと観察するように見つめている。

「そうなることもある。ならないこともある」

そう言って耳を撫でるのを止めた。

「……はぁっ」

熱い息を吐いて呼吸を整える。

誠也の方を向くようにそっと誘導《ゆうどう》されて見つめ合う。

「これからキスをする」

「……」

「初めてか？」

「……その質問、キモイですよ」

「わかった。気をつける」

「……初めてです。光栄に思ってください」

「わかった」

後頭部まで手が回ってきて軽く押される。

誠也の顔がゆっくり近づいてくる。

接触《せっしょく》の予感にまた腰が痺《しび》れる。

結衣はぎゅっと目を閉じた。


「ん……」


初めてのキスはレモンの味だとか甘酸《あまず》っぱいなどと言われるが、実際してみた感想は特に何の味もしない、だった。彼《かれ》の匂《にお》いが鼻腔《びこう》をくすぐったのが精々だ。

長いような短いような時間が過ぎて、二人は唇《くちびる》を離す。

こんなものか、と拍子抜《ひょうしぬ》けしてしまった。

キスなんて、クラスの連中が熱心に噂するほど大したものじゃない。率直《そっちょく》な感想だ。

ただ。

目を開いて間近にある誠也の瞳。

その中に映る自分が泣いていたのは意外だった。

「あれ、何でですかね」

胸の底で揺れているものがある。

何かはわからない。

だが取り返しのつかないものが水底に落ちていったような喪失感《そうしつ》だけがある。

「すいません。こんなはずじゃ……」

目をぎゅっと閉じても次々と逃げていく雫《しずく》が結衣のふとももで弾《はじ》けた。

「辛いと思う。気持ち悪かったと思う。ごめんなさい」

「違うんです。先輩じゃないんです……」

水気の増した声で言っても説得力はないが、本当に誠也がどうこうとは思っていなかった。彼もまた望まぬことを強《し》いられているだけだとわかっているのだから。

ただ、本当ならもっと。

こんな薄汚《うすよご》れた部屋の、得体の知れないシミだらけのベッドの上なんかではなくて。

好きな人と、ロマンチックな場所で、タイミングで、忘れられない大事な思い出になって。

案外自分はそういうものを大事にしていたんだなと、そんなことが頭を過《よぎ》ってしまっただけなのだ。

「すぐ泣き止《や》みますから少し待ってください……っ。大丈夫です。大丈夫――」

「別に、いい」

ゆっくりと、結衣を落ち着かせるように心がけられた声色《こわいろ》に耳朶《じだ》を通してあやされる。

「大丈夫じゃない」

涙《なみだ》を止めようと躍起《やっき》になって拭《ぬぐ》う手をごく自然に引き寄せられて、抱きしめられた。親が子にするような、凍《こご》える体にマフラーを掛《か》けるような、ふわりと柔《やわ》らかなハグ。

「結衣は頑張《がんば》っている」

誠也の声が体越《ご》しに伝わってくる。

「よく我慢《がまん》している」

ついさっきまで結衣の耳を愛撫《あいぶ》していたその手が、今度は子どもへするように背中へとんとんと柔らかなリズムを与《あた》える。

「だから、今は泣いてもいい」

ずっと肌《はだ》を刺していた霜《しも》だらけの空気が、誠也の体温で溶《と》けていく。

「大丈夫、は大丈夫じゃないのだと知っている」

「……でも、だって、泣いたって、どうにもならないじゃないですか……っ」

弱みを見せることにしかならない。

自分しか自分を助けようとしない。

安心できる場所なんて、どこにもない。

「そうかもしれない。でも泣きたいなら、そうしていい」

──ずっとそうやって生きてきたのに、なんで今さらそんなこと言うの？

「……めんどくさいって思いませんか？　叩いたりしませんか？」

「思わない。叩かない」

誠也の胸に埋《うず》めていた顔を上げる。

彼の目が結衣を見つめた。

羽箒《はねぼうき》のような趣《おもむき》のある曲線を描く睫毛《まつげ》と黒曜石の瞳。

「信じられないです」

「結衣の嫌がることはしないと約束した。だから大丈夫だ」

空虚《くうきょ》な目の奥。

「大丈夫は、大丈夫じゃないって……言ってませんでしたか？」

辛《かろ》うじて憎まれ口を叩いてみるが、もう気づいてしまっている。

「これは、大丈夫な大丈夫だ」

「なに、それ……。ばかみたい……っ」

普段は何も映さないそこに、結衣を慮る温かいものが一匙覗《さじのぞ》いていて。

「……ぅ」

それが自分でも驚《おどろ》くほど嬉しくて。

「ううう……、ひっく、ぅえええ……っ」

一瞬手綱《いっしゅんたづな》を緩《ゆる》めた隙《すき》に暴れ出す。

止まらない。

止まらない。

背を叩くリズムが優しくて、結衣を包む体温はあまりに温かい。

喉《のど》が壊《こわ》れてしまうのではないかと思うくらい、叫《さけ》んでみても、まだ足りず。

「うぁあああ――……！」

「今はいい。誰《だれ》も見ていない」

どこを見ても深淵《しんえん》が広がっている。闇《やみ》の奥に目をぎらつかせる得体も知れない何かが息巻いている。それが怖くて仕方ない。

「俺は結衣の本当が知りたい。結衣がそれで楽になるのなら」

そんな場所に、誠也は束《つか》の間《ま》二人だけの安息を用意してくれた。

過剰《かじょう》な装飾《そうしょく》を脱《ぬ》いでもいいと、相応であっていいと許してくれた。

――安心してもいいの？

胸中の問いかけに応《こた》えるように、また背中に陽だまりのような温かさ。それが結衣の中にあるじめじめとしたものを外へと押し出す。

「今は少しだけ、お休みだ」

誠也に傘《かさ》を差されて、結衣はようやく自分から滴《したた》る雫の存在に気づくことができたのだ。

ようやく落ち着いて、またベッドの縁で二人並んで座り直した。

「……お騒がせしまじだ」

後先考えず泣き叫んだ結果、結衣の声は嗄《か》れ果て一言発するのも一苦労なあり様となってしまった。

「別にいい」

水の入ったペットボトルを渡《わた》される。

「ありがとうございばず」

あまりの醜態《しゅうたい》に、穴があったら入りたいと内心で頭を抱《かか》える。しかし、とりあえずペットボトルの蓋《ふた》を開けて傷ついた喉を潤《うるお》す結衣の顔はどこか晴れやかだった。

好きでもない相手にファーストキスを奪《うば》われたばかりだというのに、凝《こ》り固《かた》まった不安やストレスが粉々に散ったようだった。

なるようになる。

先刻と言葉の上では同じ意味合いの考え方なのに前向きに思える。鬱屈《うっくつ》から解放された一時的なものだとわかってはいるが。

抱えた荷物を降ろして周囲に目を配れる余裕《よゆう》ができたことで気になったことが一つ。

「先輩は、なんで良くしてくれるんです？」

結衣が見る限り、誠也は他人に頓着《とんちゃく》するタイプではないはずだった。

二人がまだ知り合ったばかりというのもあるが、そうでなくとも彼の周囲との関わり方はひどく淡泊《たんぱく》で希薄《きはく》であるように見える。指導係という理由では少し弱い気がした。

「結衣と俺は、少し境遇が似ている。だから少しだけ気持ちがわかる」

結衣に向けていた視線を落として誠也は言った。

「信じられる人がいないのはきっと辛《つら》いと思った」

結衣は誠也の言葉に連なる無意識を組み上げる。

「じゃあ……先輩は？　先輩は辛くないんですか？」

気持ちがわかるというのなら、自分もまたそうだということではないのか。

ついさっきまでであれば踏み込《こ》まなかっただろう一歩に、彼は応えた。

「俺には母さんと創がいる。だから大丈夫だ」

誠也にとって母親がどういう存在なのか結衣にはわからない。

創、という人物が何者なのかも知らない。

だが、それを語る誠也の表情は。

――その大丈夫は、大丈夫じゃないんじゃないですか？

結衣の疑問は、結局口にされることなく頭の片隅《かたすみ》に霧散《むさん》していった。

◇　◇　◇

巧との待ち合わせ場所は大きな駅の一角だった。

「よっす。お待たせー」

「あ、どうも」

彼はセットした髪《かみ》を捻《ね》じりながらやってきた。

ロングネックのセーターに落ち着いた色のアウターとチノパンは、性格とは裏腹に大人びた印象を与える。

対して結衣はオーバーサイズのパーカーにすっきりとしたボトムス、頭にはニット帽《ぼう》を被《かぶ》ったカジュアルな出《い》で立《た》ちだ。

「お、可愛《かわい》い恰好《かっこう》だね～。なんか結衣ちゃんって感じ？」

「ありがとうございます、と言っておきます」

「んじゃ、さっそく行こーぜ」

軽く肩《かた》をとんと叩かれ、二人で歩き出した。

最初に案内されたのはダーツバーだ。

カウンターにはドラマで見るような酒が並ぶ棚《たな》があって、マスターが出迎えてくれる。

「店長こんちは！」

「おう、巧か。また別の女連れてきたのか」

「ちょ、余計なこと言わんでくださいよ！」

親しげに話す二人を横目に結衣は店内を見渡《みわた》した。

木目調のシックな内装を暖かな色の照明が照らしている。

ダーツ用の機械が並んでいるそこは飲食スペースと分けられているが、それとは別に立ち飲み用のテーブルがダーツ用のスペースに配置されている。遊んでいる者たちはそこにドリンクを置いて、画面に表示された結果を見て一喜一憂《いっきいちゆう》している。それでもどこか落ち着きがあるのは店の雰囲気作りの妙《みょう》だろう。

「ここいいだろ？　昼なら高校生でも入れんだよ」

「確かにオシャレですね」

巧はコーラ、結衣はミルクティーを注文し、さっそくダーツを始める。

結衣は経験がないので、巧から手ほどきを受けながら交代でダーツを投げ始めた。

「え、真ん中が一番得点高いんじゃないんですか⁉」

「はい初心者勘違いあるあるー。一番高いのは真ん中じゃありませんー」

「なんですか、ちょっと先に齧《かじ》ってるからって。へたれ投げのくせに」

「へたれ投げじゃねえわ。つかへたれ投げ何？」

「ほら、見ました三連続真ん中！　天才ですよね？　私天才ですよね？」

「はいはいすごいすごい」

「あれれぇ、もしかして悔《くや》しいんですか？　ねえねえ今どんな気持ちですかぁ？　ドヤ顔で初心者勘違いあるあるとか披露《ひろう》して負けるのってどんな気持ちですかぁ？」

「うっせえな！　おら次俺だから退《ど》けや」

「ええ、いいですよ？　あなたが今失ったプライドはもう戻って来ませんけど。うぷぷ」

「うぜえええっ」

初めてやったダーツは思いのほかわかりやすく、そして楽しい。

結衣たちが遊んでいるルールは、的に当てた点数を引いていき最終的に零点《れいてん》ぴったりにした方が勝ちというもの。とりあえず高得点を取ればよい序盤《じょばん》はともかく最後は狙《ねら》った点をしっかり取らなくてはならず、それが白熱した。

巧とも意外と成績は離れていなくて、ラッキーが起これば勝てるというのも塩梅《あんばい》がちょうどよかった。

「なかなか楽しかったです。マイダーツ買いますかね」

「出たマイダーッ！」

「はい初心者あるあるー！　マイダーツ欲《ほ》しくなりがちー！」

「おまえが言うんかい」

元々会話のテンポが合うらしく、バーを出るころにはすっかり打ち解けて、打てば響《ひび》くようなやり取りが続く。

時刻は三時を回った頃《ころ》。

小腹が空いたということで休憩《きゅうけい》がてらカフェへ向かう。

結衣が呪文《じゅもん》を唱えて、甘々《あまあま》なもはや飲み物と呼んでいいのかわからない物を召喚《しょうかん》し、巧をドン引きさせながらも穏《おだ》やかに会話は続く。巧は結衣のそれに中《あ》てられたのかブラックコーヒーを頼《たの》んでいた。

巧に椅子《いす》を引いてもらって席に着く。

「小学校のときって結構違《ちが》う学年とも遊んでたよな。みんなで缶蹴《かんけ》りとか」

話題は回り回って小学校の時の思い出話へ。

「今考えるとはないちもんめって遊び、すごい残酷《ざんこく》ですよね。友達に優先度つけて一人ずつ減らしてくんです。最後の一人になったらすごく悲しいですよ」

「まーそうかも」

「あれ、端《はし》っこの二人が相手の端っこと手を繋《つな》いで輪になれば平和だと思うんですよね。それでぶんぶん腕振《うでふ》ってるだけできっと楽しいし、それが一番の幸せだと思いません？」

「ゲームにならねえじゃん」

「じゃあその状態でできる新しい遊びを考えましょう！」

「え、やだ」

「え、冷た……」

そんな軽口の応酬《おうしゅう》をしながら、たまに途切《とぎ》れれば飲み物を口へ運ぶ。いい具合に会話がしっくり来て、大したことを話しているわけでもないのに途切れない。ほとんど初対面なのに、ここまで話していて相性《あいしょう》のいい相手も珍しいかもしれない、と思う。

「遠足とかどこ行きました？」

「あー俺田舎《おれいなか》の学校だったから歩いて滝見《たきみ》に行った」

「へー楽しそうですね」

「葉っぱを拾ってきて川に落としてみんなでレースすんだよ。一生それやってたわ。で、弁当食ったらまたレース」

「好きですねぇ」

「そうそう、弁当といえばお袋《ふくろ》が無駄《むだ》にでかい弁当作りやがってよ。ずっと歩いてくのにめちゃくちゃ重たくて、行きがホントにしんどかったんだよなぁ」

しみじみと思い出している巧に、結衣は曖昧《あいまい》な返事を置いた。

結衣の場合は弁当などなく、テーブルにお札が置いてあるだけだった。それを握って少しだけ早く家を出てコンビニで弁当とお菓子《かし》と飲み物を買う。

結衣は遠足が嫌いだった。

お昼ご飯を他の子と比べてしまうからだ。多めにもらったお金でお菓子をたくさん買って羨《うらや》ましがられたりもしたが虚《むな》しいだけだった。

母親は家庭を顧《かえり》みない人間だ。

顧みない、というより煩《わずら》わしさすら感じていたのではなかっただろうか、と思う。参観日にも来たことがなかったし、運動会や学芸会にも来たことがなかった。シングルマザーだから大変なんだ、そんな大人の会話を昔は真に受けていたが、明らかに仕事関係ではない男と会って貢《みつ》ぐ時間はあったようだから、それだけではないのだろう。

苦い思い出が頭の片隅を占《し》めていることはおくびにも出さず、結衣は巧の話を広げる。

「歩いて行ける滝《たき》があるような場所にいたのなら、ここら辺からも遠いのでは？　引っ越《こ》してきたんですか？」

「お、都会生まれマウント？」

「そういうのめんどいです」

「は、容赦《ようしゃ》ねー……」

結衣の思い出した暗い記憶《きおく》に引っ張られるように、巧の瞳《ひとみ》に影《かげ》が差す。

「俺、勉強できたからな。いいとこの学校に入るってんで家族で引っ越してきたんだ」

過去形で語られる実績は現状との比較《ひかく》だろうか。巧は創とは別ベクトルで有名だった。

アクセサリーをじゃらじゃらつけて勉強もしないで美人と見ればすぐ食いつく遊び人だ、と。

「今はそうじゃないんですか？」

「……あ？」

眉根《まゆね》に皺を寄せて凄《すご》まれる。

「おまえに関係ねえだろ」

さすがに踏み込み過ぎたらしい。もっとも、予想していたことではあるが。

「関係ないですけど、いいじゃないですか別に。私も勉強できないですし。あ、ほら勉強できない同士で関係あるってことになりません？」

「赤点取るようなバカと一緒《いっしょ》にすんじゃねーよ」

脊髄《せきずい》反射のように返されたそれに、結衣は抵抗することなく頷いた。

「それもそうですね。やればできる峰岸さんと違って、私はやっても無理ですし」

「……」

楽しげにしていたさっきまでとまるで違う、胡乱《うろん》気な目を結衣に向ける。

捨て犬か、野良犬《のらいぬ》のようだと思った。

「じゃあ、約束します」

悪戯《いたずら》に受けた誘《さそ》いだが、思いのほか長い付き合いになるのかもしれない。

「峰岸さんを絶対に傷つけるようなことはしません。バカにしたりもしないですよ」

最初はここまでする気はなかったのだが、そういう目に結衣は弱かった。

「どうです、都合のいい相手がここにいるんです。愚痴《ぐち》でも言ってすっきりしてみません？」

真っすぐ目を見つめる。

あくまで笑顔《えがお》は保ち、余裕は崩さない。大したことじゃないと、気軽に乗っていい話なのだと思ってもらうためだ。

「別に、大した話じゃねえし……」

「いいじゃないですか、大したことなくたって。自分はまだマシだからなんて我慢してたら、世界一不幸な人しか悲しめないことになっちゃいますよ？　そんなのバカみたいじゃないです？」

店内に流れる音楽が二人の間を通り過ぎてゆく。

ふい、と目を逸《そ》らされた。

「……自分ん家《ち》の天井《てんじょう》がな、近いことに気づいたんだよ」

ポツリと呟《つぶや》く。

「手ぇ伸《の》ばしたら届くくらいな。そのくせ家を出たらさ、バカみたいに空が遠いんだよ」

軽薄《けいはく》な笑みの裏で、静かに本音が伏《ふ》せっている。

「必死こいて背伸《せの》びしようが何しようが大して変わんねえの。マジでくだらねえよな」

はは。

乾《かわ》いた笑いがテーブルの上を転がった。

「でも、今だって頑張ればそれなりのところまで行けるのでは？」

「ずっと学年で一番だったんだ。それじゃ意味ねえんだよ。……だから捨ててやった。どお？　わかりやしーっしょ？」

軽い口調で覆《おお》い隠そうとする。

頑《かたく》ななのは、自分が求めてやまないのか、それともそうあることを求められたからか。

結衣にはわからないところだ。だがこの短い間にも気づいていることはある。

「峰岸さんの努力には意味があったと思いますよ」

微《かす》かな落胆《らくたん》が巧の眉《まゆ》を下げた。だが結衣は続ける。

「頑張り屋さんだから、さりげない気遣《きづか》いが身についてるんです。私の服を何気なく褒《ほ》めたり、ごく自然に車道側を歩いてくれたり。ダーツだって本当はもっと上手《うま》いのに、私を楽しませるためにわざと加減しましたよね？」

バーのマスターとのやり取りを見るに結構な回数通っているはずで。いくら何でも始めたばかりの初心者と拮抗《きっこう》するはずはなかった。

「……勉強関係ないじゃん」

「勉強癖《ぐせ》は活《い》きてるじゃないですか」

「……屁理屈《へりくつ》じゃん」

「いいえ、事実を言ってるだけです」

「あっそ」

ぶすっとして顔を逸らした彼は小学生のようで、ブラックコーヒーをぐいと飲み干すには幼く見えた。

カフェを出た後はウインドウショッピングをして回った。

だがあまり諸手《もろて》を挙げて盛り上がったとは言い難《がた》かった。先刻までの巧の遠慮《えんりょ》のなさは鳴りを潜《ひそ》め、時折結衣の反応を気にかけるような弱気な視線が彷徨《さまよ》う。どうにも歯車の噛み合わないような会話を続けるうちに日が暮れた。

「じゃあ、今日は解散、な」

盛り上がらなかったという意識は巧にもあるようで、この数時間で何度目かになる気遣わしげにこちらを窺《うかが》うような視線とともに宣言した。

「そうですね」

「……あの、さ……」

「ん、何ですか?」

「……いや、別に。何でもねえよ!」

無理にテンションを上げようとして語気が荒《あら》くなり、妙な間が空く。

気まずい空気が横たわる。

仕方ないですね、と結衣は小馬鹿にするような笑みを浮《う》かべた。

「らしくないですよ。また遊んでやるよくらい言えないんですか？　仕方ないからまた付き合ってあげてもいいですよ。その時は奢《おご》ってもらいますけど」

尻《しり》を叩くような発破をかければ、キョトンとした表情の後にニヤッと笑った。

「うっせーよバカ。毎夜鬼電《おにでん》して愚痴るぞ」

「しつこい人は嫌われますよ」

軽口の応酬をして別れた。イヤホンで音楽を聴《き》きながら帰路につく。

終盤《しゅうばん》はともかくトータルで言えば楽しかった。

誠也と遊んでもこうはならない。楽しむことを目的として出かけたことはなく、仮にそうしても主体性のない彼では巧のようにグイグイと引っ張ってくれることはないだろう。

それが率直な感想だった。

すっかり暗くなった道を街灯が申し訳程度に照らしている。

外から見るアパートの一室、結衣の家には珍《めずら》しく電気が点《つ》いていた。

結衣の胸がずしんと重くなる。

案の定、玄関《げんかん》の鍵《かぎ》は掛かっていなかった。静かに扉を開いて中へと入る。

足音を潜めたところで、狭《せま》い家の中では気づかれないことなど無理なのだが。

居間には濃《こ》いめの化粧《けしょう》を塗《ぬ》りたくっている女が一人。

まともに顔を見たのは何日ぶりだろうか。結衣を一瞥《いちべつ》してすぐ鏡に視線を戻す。もっとも、母の顔は鏡に向けられていて、真正面からという意味では本当に何か月も見ていない気がするが。

「おかえり。嫌そうな顔して入ってこないでくれる？　気分悪いんだけど」

「……」

お母さん、ただいま。ぶら下がってきた攻撃《こうげき》に言いかけた口を閉ざす。

「なんか言いなさいよ」

「……」

「反抗期《はんこうき》。めんどくさ」

ぼやきを無視して冷蔵庫を開ける。見苦しいキャットファイトなどもう卒業したのだ。

「安心して。すぐ出るから」

そう言って母はスマホを取り出した。

「あ、もしもし〜？　……うん、もうすぐ出るから〜」

歳《とし》不相応に声を一オクターブ高くした母の声は聞くに堪《た》えず、何度となく見たださしなく発情するメスの顔もまた同じだ。

どうせ相手はずっとご執心《しゅうしん》のあの男だろう。

遊ばれているとまだ気がついていないのだから救いようがない。いや、気がついているのに今さら戻《もど》れないのか。貢ぐ金を返済に回せばすぐにでも借金は返せたのに、娘《むすめ》を巻き込んでもなお夢から覚めようとはしない。もっとも、今抱えているのは結衣の学費なのだが。

母の後ろを通り過ぎて自室へと避難《ひなん》する。ミニマリストのように何もなくなった部屋だ。アウターだけハンガーに掛けて、ベッドへと身を投げ出す。

昔の自分は誠也の境遇《きょうぐう》と似ていると言った。今にして考えればそれは正確ではない。確かに母子家庭で母が男に傾倒《けいとう》している点は似ているのだろうが。

――いっそ、ママが本当のお母さんだったら面白《おもしろ》かったかもですね。

そんな昔の頃では考えられなかった感想を抱《いだ》きながら結衣は目を閉じた。

わかったことがいくつかある。

まず、ママは初対面の印象ほど、冷血人間というわけではないこと。

「結衣、もう大丈夫《だいじょうぶ》なのかい」

「……何がですか？」

「この前えらく大声で泣いてただろ。ここまで聞こえてたよ。うちの店、外壁《がいへき》はともかく内装は予算ケチって結構薄《うす》いからね」

「……な、なぁ――っ」

「カッカッカ」

そんなやり取りがあったり。

「げほ、げほ、おぉええぇ」

「ママ、今日はタバコを吸い過ぎです。みんなから止めるように言われました」

「誠也、あんた何様のつもりだい！　私の唯一《ゆいいつ》の楽しみに口出すんじゃないよ！」

「吸い過ぎ、です」

「……むぅ」

はるか年下に叱《しか》られてしょんぼりと肩を落としたり。

「今日までよく頑張ったね」

「はい」

「これはささやかだが餞別《せんべつ》だ。もう二度とここに来るようなバカすんじゃないよ？」

「……はい！　今までありがとうございました！」

「あぁ、さようなら。……礼なんて、言われる筋合いないのにね」

去っていくキャストを見送りながらハンカチで目を拭っていたり。

そんな姿ばかり見ていると、結衣は自分が置かれた状況《じょうきょう》を忘れてしまいそうになる。

店で働かされているキャストの人たちもまだ幼い結衣を妹のように扱《あつか》ってくれる。彼女《かのじょ》たちの体には大なり小なり痛々しい傷があり、髪は痛んで、言ってしまえばおどろおどろしい見た目ばかりだったが、それでも結衣は彼女たちに対して親愛を感じ始めていた。

それでも一番打ち解けたと言っていいのは、やはり誠也だった。

彼が出る日は結衣も呼ばれる。

基本的に誠也が指名された時以外は常に共に行動していた。結衣に宛《あて》がわれた部屋を模《も》様替えしたり、使用後の部屋を掃除したり、トイレ掃除や備品の整理まで。年下かつメインの仕事をしていない結衣は雑用として忙《いそが》しく、誠也もまた嫌《いや》な顔一つせずそれを手伝う。

「結衣、始めよう」

それらが一通り終われば指導が始まる。

前のように泣きじゃくることもなく、それは順調に段階を踏《ふ》んでいく。

「ま、待って、待ってくださいーーっ」

「わかった」

回を経るごとに次第《しだい》に体が自分のものではなくなるような感覚になって恐怖《きょうふ》すら感じたのだが、その度《たび》誠也が休憩を取り結衣が落ち着くまで待ってくれる。

そんな誠也の指導だが、最後の一線だけは絶対に越えなかった。

「……先輩《せんぱい》、しないんですか？」

一度、煽情《せんじょう》的な格好の結衣をよそに後片付けをする誠也の背中に問うたことがある。

「未経験には価値がある。それで結衣の返済が早く終わるならそれに越したことはない」

同じ年代の男子とは思えない凍えるような回答に、それでもむきになって食《く》らいつく。

「先輩はいいんですか！　私にここまでしといて他の人に美味《おい》しいところを持ってかれて」

「結衣に何か得があるならそうする」

その日もまた、前とは違う方向でママのところにまで結衣の大声が届いた。

とんでもないデリカシーのなさを披露されても、次、顔を合わせた時に許してしまうのはファーストキスを奪われた弱みだろうか。

何をしても怒《いか》りも落ち込む様子も見せない誠也だから、二人になれば結衣は感情に素直《すなお》でいられた。その関係が心地《ここち》よかった。

そんな、店へ連れて来られた時からすれば、下手すれば結衣の人生からしても考えられないような穏やかな日々を送っていた。だから――

「結衣、あんたに指名が入った」

その言葉の意味を、最初理解できなかった。

「え、何で……」

まだ結衣の名は客に公表されていない。ママ自身が言っていたことだ。

「太客にあんたのことがバレたんだ。他の奴《やつ》ならどうとでもなるけどあいつは話が別だ。

……拒否《きょひ》できない」

痛恨《つうこん》。そんな表情を浮かべている。

「あんたたちだけには会わせないようにしてたのに、どこで聞きつけてきたんだ……」

歯噛《はが》みしながらタバコを取り出し、火を点けた。

「もうすぐ来るから部屋で――」

扉《とびら》が静かに破られた。

「よぉ、ママ。今日例の娘来てるよな？」

扉の枠《わく》いっぱいに埋まる巨漢《きょかん》がいた。

襟《えり》のよれたワイシャツを着た男は粘度《ねんど》の高い笑《え》みを浮かべて丸々とした手を上げた。その腕《うで》には不似合いな主張の強い金の時計がはまっている。

「お、君は……」

「結衣、です」

醜悪《しゅうあく》な容姿に思わず顔が引きつった。

「太一《たいち》だ。よろしくなぁ」

そんな結衣を太一はニヤニヤしながら観察している。

おもむろに手が伸びてきた。

「さぁ行こうか」

強引《ごういん》に腕を引っ張られる。

「ちょっ、と……っ」

　結衣の苦言もどこ吹《ふ》く風《かぜ》とばかりに、太一は勝手知ったる我《わ》が家《や》のようにずんずんと進み、結衣に宛がわれた部屋の前で止まるとその扉を開いた。

「ほら、入れよ」

　背中を強く押《お》されてよろめく。振《ふ》り返る間もなく太一は自身も入室して扉を閉めた。

「はぁ、この店階段しかないから疲《つか》れるよなぁ」

　太一はベッド脇《わき》の小型冷蔵庫から水を取り出すと、ベッドに腰掛《こしか》けて飲み始める。

　やがて空になったペットボトルを部屋の隅《すみ》に投げ捨てて、そこでようやく結衣を見た。

「まぁ、座《すわ》りなよ」

　自分の隣《となり》を叩《たた》く。

　ぎこちなく歩み寄り、そろそろと太一の隣に浅く腰掛けると腰《こし》に手を回された。

「ひっ」

「ふは。ひっ、てか」

　無遠慮《ぶえんりょ》な視線に制服の胸元《むなもと》を舐《ねぶ》られて鳥肌《とりはだ》が立つ。

　今すぐ飛び出してしまいたい衝動《しょうどう》を抑《おさ》えて、結衣はただひたすら我慢する。

「結衣ちゃんはさぁ、どこまでしたことあるの？」

「……え」

「わかるだろ？　どこまで経験あるって聞いてんの。キスは？　胸揉《も》まれたことある？」

ムードも何もない、ただ自分の欲望をトレースしたやり取り。

「あり、ます。キス」

「胸は」

「その……胸も」

言いながら思い出す。誠也はこんなに不躾《ぶしつけ》な触《ふ》れ合《あ》いなんてしなかった。

「ふぅん、じゃあもう処女膜《しょじょまく》ないの？」

「……っ、そ、れは……」

あまりにも明《あ》け透《す》けな言いざまに虚《きょ》をつかれ、嘘《うそ》を吐《つ》くか否《いな》かの判断が遅《おく》れる。

「……へぇ」

獲物《えもの》を見つけたように太一の目が据《す》わった。太ももをさすられる。

背筋を走る不快感に悲鳴を上げそうになるのを、歯を食いしばって堪える。

「──っ」

差し込むように外側から内ももへ。

ただただ気持ちが悪く、背中に虫が這《は》っているような怖気《おぞけ》ばかりが先に立つ。

制服の上から乳房《ちぶさ》を探《さぐ》られる。

「あくそ、興奮するッ！」
力任せに押し倒《たお》される。
「ははは っ！」
熱に浮かされたような笑い声と吐息《といき》が顔に吹きかかる。
――こんな奴に奪われるのか。本当ならもっと好きな人と――
『今は少しだけ、お休みだ』
不意に、誠也と交《か》わした言葉が蘇《よみがえ》る。
『これからずっと、絶対に俺《おれ》は角南さんの嫌がることをしない』
――ああ、そうか。私は。
『約束する』
――今さらこんなことに気がつくなんて。
しかし全てはもう手遅《ておく》れで、今からこの男に貪《むさぼ》られてしまうのだ。
太一が覆いかぶさってくる。

――いやだ。

こんなの嫌だ。

やっと気づいたのに。

やっと見つけたのに。

凍《こお》っていた感情が沸《わ》き立つ。

――いやだいやだいやだ！

腕を突《つ》っ張り拒絶《きょぜつ》する。

腹に手が食い込む。脂肪《しぼう》に包まれた巨体《きょたい》は重く、すぐに腕が震《ふる》え出す。

「先輩、助けて！」

張り上げる。

いつかのように、彼《かれ》が扉の向こうから現れると信じて。

「もっと抵抗《ていこう》しろよ。おら！　ほらぁ！」

「先輩！」

ワイシャツのボタンが引きちぎられた。

縮こまる体を無理やり張って少しでもその時が来ないよう遠ざける。

「せんっむぐ……っ」

口を手で塞《ふさ》がれた。それでも足掻《あが》く。

見苦しくてもいい。

みっともなくていい。

ただ、もう一度。


——あの人と。


「ははっ、ハアァ、ハーッ、フウゥゥ！」

荒々《あらあら》しい吐息が結衣の顔に降り注ぐ。

とうとう下着だけになって、それにすらも指を掛《か》けられた。

「う——っ、うう——っ！」

風前の灯に涙《なみだ》が滲《にじ》んで——

冷ややかなノックが狂騒《きょうそう》を割った。

「……誰《だれ》だぁ？」

太一の問いかけで入ってきたのは。

「失礼します」

「──せん、ぱい……？」

誠也は丁重《ていちょう》に扉を閉めて太一を見た。

「おまえは……誠也ちゃんだっけ？　もう一人の方の……」

「はい。牧誠也です」

淡々《たんたん》と、日常の延長のような変わらない態度で自己紹介《しょうかい》をする。

ちらりと誠也の瞳が結衣を捉《とら》える。

「先輩……せんぱぃ……っ」

安堵《あんど》が身を包み、涙が次から次へと溢《あふ》れた。

「何の用だよ」

お楽しみを邪魔《じゃま》された太一はぶすっとした表情で結衣の上から退いた。

「お願いがあります」

「お願い、ねぇ……言ってみ？」

　太一がぞんざいに顎《あご》で促《うなが》すと、彼は頷《うなず》いた。

「結衣はまだあなたの趣向《しゅこう》に耐《た》えられるほどこの仕事に慣れていません。どうか穏便《おんびん》に済ませてはもらえませんか？」

　深く、深く頭を下げる。

「どうか、お願いします」

　初めてこの店へ来た時もそうだった。

　乱暴されそうになった結衣のもとへ駆《か》けつけるのはいつも誠也だった。

「ふぅん……」

　顎に手をやり、何事か考えるような仕草をする。演技がかった、自分の動向を窺う結衣たちを楽しんでいるような勿体《もったい》ぶった間の取り方だ。

「そーんなに結衣ちゃんが大事？」

「俺は結衣の指導係なので、責任があります」

　間延びした声とともに太一の口元が歪《ゆが》む。予感に結衣は背中に寒気が走った。

「──じゃあおまえでもいいよ」

「……は？」

理解が及《およ》ばない。太一が誠也のもとへ歩み寄る。

「ちょ、ちょっと待ってください。先輩は男ですよ⁉　何を――」

「あーそういう性指向の差別はよくないなぁ。俺はどっちでもイケんだよ」

楽しそうに体を揺《ゆ》らすたび、結衣の視界も歪む。

耳元で鼓動《こどう》が聞こえる。血の気の引く音が聞こえる。

「なぁ誠也ちゃん、俺はどっちでもいいんだ。結衣ちゃんでも、誠也ちゃんでも。……でもさぁ、かっこよく助けに来てやっぱりだめなんて話ないよなぁ？　どう思う誠也ちゃん」

愉悦《ゆえつ》を伴《ともな》った視線を結衣に向けながら、太一の太い指が誠也の耳を弄《もてあそ》ぶ。

結衣がかつて誠也にそうされたのと同じようで全く違う、配慮《はいりょ》のない触れ方《かた》。彼との記憶が侵《おか》されそうになって結衣は抱《かか》えるように耳を塞いだ。それでも見開かれた目は誠也たちから離《はな》せない。

「わかりました」

「――っ」

「はぁ――ぁっ、いい返事だ。誠也ちゃんは聞き分けのいい子だなぁ。それに比べて……」

見下した視線が結衣を捉える。

「おまえは駄目《だめ》だなぁ角南結衣」

太一の口から、その巨体にため込《こ》まれた泥《どろ》がぶちまけられる。

「なぁおまえ、最初俺を見て醜《みにく》いと思ったろ？　顔に出てたぞ？」

「……別に――」

「口にしてないからセーフ、か？　ふは、いやいいんだ仕方ない。差別を非難しながら隣の不細工を笑うのが普通《ふつう》ってやつだからさ。なんてったって醜いのは罪だからなぁ。道歩いてるだけで顔をしかめられても罵倒《ばとう》されても仕方ないもんなぁ。醜くならない努力をしないのが悪いんだからなぁ。自分は醜くないから見下す権利があるもんなぁ？　普通って居心地いいよなぁ。そりゃ屑《くず》を蹴落《けお》として普通を守ろうとするよなぁ？　頑張《がんば》ってきたんだから努力しない人間を見下すのは当然の権利だもんなぁ。いいなぁ結衣ちゃんは可愛《かわい》くてさぁ。気紛《きまぐ》れに誰かを貶《おとし》めても許されるもんなぁ？　努力すればするだけ結果が出るもんなぁ？　頑張りがいあるよなぁ？　可愛くなればなるほど他の奴が褒めてくれるもんなぁ、金くれるもんなぁ？　そりゃ頑張れるよなぁ？　嫌なことを代わってくれるしなぁ。辛《つら》い辛いって言いながら今だって誠也ちゃんに代わってもらってさぁ。でもさ――」

太一の笑みが消える。

「それ全部屑のやることだよな？　じゃあ本当の屑って誰なんだろうなぁ？」

「おまえが自分勝手だから、誠也ちゃんが肩代《かたが》わりさせられる」

──わたし、が？

──わたしはじぶんかって？

「先輩のためにとかどうとか言ってるみたいだけどさ、結局これだろ？　はっ、誰かのためなんてわざわざ口に出すのは、それを聞いた奴らによく思われたいからだろ。自分が優《やさ》しいとか勘違《かんちが》いすんなよ？　本当に誰かのためを思うなら、誰にも気づかれないように自分を犠牲《ぎせい》にして尽《つ》くしてみろよ。それが本当に純粋《じゅんすい》な人のため、だろ？」

──わたし、は……。

ニタリと口が裂《さ》ける。

「な～ぁ、結衣ちゃ～ん？」

深く、戒《いまし》めの楔《くさび》が突き立てられる。

「ほら、何黙《だま》ってんの。やっぱり──」

「太一さん、これ以上、結衣をいじめないでください」

「──……」

──せん、ぱい。

口がからからに乾いて声が出ない。いや、それすらも自分が標的にならないための言い訳に過ぎないのか。わからない。

「太一さんのお相手は俺です」

「健気《けなげ》だねぇ」

誠也の肩《かた》を引き寄せる。

今にも舌なめずりしそうな太一の様子に堪えきれず背中を向けた。

今すぐ振り向いてやっぱり私が代わると言わなければならない。そう思っていても喉《のど》は麻痺《まひ》したように動かず、足は勝手にこの現実から遠ざかろうと扉へ向かっている。

握《にぎ》ったドアノブがいやに重たく感じて――

「おい、何帰ろうとしてんだ」

頭の芯《しん》が凍った。

指先が痛いほどに冷たく、そのくせにやたら汗《あせ》ばんでいる。

「こっち向けよ」

拒絶する気力はもはやなく、言われるがままに振り向く。

「先輩が結衣ちゃんの代わりに体を差し出そうってんだ。わかってるか？　おまえが自分の身可愛さに巻き込んだせいで誠也ちゃんは俺に弄ばれるんだ」

頷くことも、首を振ることもできない。ただじっと太一に耳へ言葉を捻《ね》じ込まれている。

「じゃあ、せめて最後まで見守るのが筋じゃないの？」

鈍《にぶ》く回る頭を妙《みょう》に抑揚《よくよう》のついた野太い声が殴《なぐ》りつけた。

「――」

――何が起きてるの。この人何言ってるの？

「せめて悪いと思うなら逃《に》げないでここで見てろよ。結果を見届けろよ。なぁ結衣ちゃん。まさか……この期に及んで先輩を置いて逃げたりしないよなぁ？」

糸を引きそうな言葉が結衣の足を搦《から》め捕った。

「はあぁぁいい娘だ。なぁ誠也ちゃん？　君の後輩《こうはい》はちゃんと俺たちの営みを見ててくれるってさ」

「……は、い」

力任せに誠也を抱きしめる丸太のような腕。片手は誠也の尻を揉みしだきながら自身の股間《こかん》へと押しつけている。

「あ～ははっ、じゃあ……始めようねぇ……」

……。

「ごめんなさい」

粘《ねば》つくような熱気が部屋に残っている。

「ごめんなさい」

不快な残り香が纏《まと》わりつくその部屋で、結衣は同じ場所に立ち尽くしていた。

「ごめんなさい」

乾いた涙の跡《あと》がいくつも頬《ほお》を裂いている。

「ごめんなさい」

壊《こわ》れたように繰《く》り返している。

「ごめんなさい」

「……いい」

いつもより間の空いた返答。

消耗《しょうもう》した声はシャワーを浴びてバスタオルで体を拭《ぬぐ》う誠也のものだった。

「ごめ、ごめん、な、さい」

「俺が勝手にしたことだ。別にいい」

「ごめん、なさい――っ」

「いつもしていることだ。別にいい」

扉の開く音がして、結衣がびくりと震えた。

「終わったかい」

現れたのはママだった。太一が帰ったのを確認《かくにん》してやってきたらしい。その手には救急箱をぶら下げている。

「何だい、今日は随分穏《ずいぶんおだ》やかだったみたいだね。取《と》り越《こ》し苦労《ぐろう》だったか」

「はい。噂で聞いていたよりは平気でした」

誠也の返事を聞きながら、ママは流れる涙をそのままに俯《うつむ》く結衣へと視線を移した。

「何があったのかは大体想像できる。ここじゃ珍しくもない」

小動物のように怯《おび》えている結衣に語り掛ける。

「結衣。思い出したかい、ここは地獄《じごく》の底だよ。私を含《ふく》めて、ここの大人はあんたらを食い散らかす下衆、救いようのない悪党だ。あんたは精々自分を守ることだけ考えてな」

今まではそう思っていた。

誠也や周りのキャストが何かと世話を焼き、そのたびママはどこかちぐはぐで愛嬌《あいきょう》のある反応を見せていたから、その空気にほだされていた部分はある。それでもどこか心の底

ではずっと責め続けていた。私をこんな目に遭《あ》わせている大人の一人だ、と。

だが。

『おまえが自分の身可愛さに巻き込んだせいで誠也ちゃんは俺に弄ばれるんだ』

あの場において、助けに来てくれた誠也を身代わりに自分の身を選んだのは間違《まちが》いなく結衣自身だった。それは、嫌《きら》っていた母親に散々自分がされてきたことで。

その事実は何をしても胸に刺《さ》さって消えやしない。

「でもママは……」

ぽつりと誠也が呟いた。

「望んでここにいるのではないと聞きました」

ママの視線が床《ゆか》に落ちた。

「……望んで、ここにいるんだよ。自分の命惜《お》しさにこの店で働いて、あんたたちを働かせて、おまんま食わせてもらってる。それが全てさ」

すぐに二人を見据《みす》える。

「だから私を気遣うのはとんだ筋違《すじちが》いだ。私はただ目の前の料理に『いただきます』と言ってるだけ。ステーキにされた家畜《かちく》が敬意を払《はら》われたところで喜ぶはずないだろ。なんなら自分を美化するのに利用するなって怒《おこ》るだろうね。私がしてるのはそういう自己満足さ」

考えることがとても億劫《おっくう》で、ただ立ち尽くす。

「……さ、あんたら今日は帰んな。あいつ、金払《ばら》いだけはバカみたいにいいからね。今日はもう十分だろ」

「わかりました」

せっせと誠也は帰り支度《じたく》を始める。さっきまでのことなどなかったような様子で結衣の手を引いた。

「お疲れ様《さま》でした」

「ああ、お疲れ」

誠也に先導されるように店を出る。

あんなことがあった後でも、街は何事もなかったかのように変わらない。

それが気持ち悪い。この街も、この期に及んで誠也に世話を掛けている自分も。

「……ごめんなさい」

「結衣、俺は大丈夫だ。ママも言っていた。結衣は自分を守ることだけ考えていればいい」

「大丈夫じゃ、ないですよ……っ」

ケダモノに貪られるような、見るに堪えない光景が何度も脳内で繰り返される。

「あんな、あんな……」

「今さらだ。あのくらい、初めてというわけでもない。普通のことだ」

何となく察するものはあった。

そのことを考えると結衣の奥《おく》に鈍く疼《うず》くものがあって見ない振《ふ》りをしていたのだ。

「……結衣、怖《こわ》いか？」

誠也から少し言葉の足りない問いが投げられた。

結衣は、自身が二度客を拒絶したことを指しているのだと察する。

「先輩に指導してもらって、その……助けてもらって、今度こそはって思ってます」

だが、恐《おそ》らくは無理なのだろうと思う。ましてや自身の中に自覚したものがある。

隣を歩く誠也をそっと見た。

日常の延長線を踏むように、いつもの無表情で前を見ている。

「先輩に迷惑《めいわく》かけたくないですから。……それだけはもう、嫌ですから」

口ではそう言ったものの、どうしたらいいのかわからない。

進みたいと思える道はなく、残されたのは獣道《けものみち》とも呼べない底なしの沼《ぬま》ばかり。

なるようになる、なんてとんだ楽観思考で危機感のない考え方だ。

不安から逃《のが》れるように誠也の腕を抱き込んだ。

あんなことがあった後でも、彼の手に嫌悪《けんお》感は微塵《みじん》も感じない。

改めて実感する。

刷《す》り込《こ》みや、吊《つ》り橋効果《ばし》のようなものなのかもしれないと思う。

初めて口づけした相手だから、もしくは溺《おぼ》れそうだから近くにある物に掴《つか》まっているだけなのだと理解している。

だが、そもそも真っ当な恋愛《れんあい》の始まり方など結衣は知らない。

「いっそ、先輩が私を買ってくれればいいのに。そしたら全部あげるのに」

見上げる顔に変化はなく、微《かす》かな落胆《らくたん》とともに視線を落とした。

そういうアピールでなびくような人間ではない。

だからこそ結衣も指導を許したのだが、今は少しだけその性格が憎《にく》い。身勝手だな、と思う。確かにあの男の言う通りなのかもしれなかった。

「……怖いか？」

同じ質問。

「……怖いです。ほんとは、先輩以外とあんなことしたくないです」

今度は素直に答える。

「そうか」

誠也はやはり一言だけ呟《つぶや》いた。

――こんなの、よくない、よね。

◇◇◇

時刻は夜九時。

亜梨沙は自室で通話アプリを開きながら、もうかれこれ三十分ほど頭を悩《なや》ませていた。

『聞きたいことがあるの』

その一言が現れたり消えたりを繰り返している。

プロフィール画像を設定していない送り先のアイコンには、単色背景に牧誠也と表示されている。初期設定から変えていないらしい。

彼を信じると決めた。

空港の出来事は亜梨沙にとって、それまで彼に対して抱いていた疑念を全て踏み越えさせるほど大きなものだった。彼の誠意に触れたからこそ亜梨沙は信じると決めたのであり、今もその決意は変わらない。

はずだった。

打ち立てた決意の旗は、深く埋《う》まっていると思っていた。

実際、最初の頃《ころ》は多少何かがあっても、こんなものなんだ、と鼻で笑う程度の揺れでしかなかった。

しかし、学生の身に半年は長い。

日を増すごとに、揺らぎは大きくなる。

振り払ったはずの疑念は機を待って旗にしがみついていたようで、積み重なったそれが何かのきっかけで一斉《いっせい》に襲《おそ》い掛かる。

さらには先日のビデオ通話での一件。

余裕《よゆう》のない結衣の態度と、一方的に切られた通話。

もう吹っ切ったと思っていた、大人の女性と歩いていた誠也がちらつく。

まるで誠也への信頼《しんらい》が日々ゆっくり念入りに磨《す》りおろされていくようだった。

『誰かを本気で好きになるって、自分も世界も変わっちゃうものなんだから』

友人の言葉が頭を過る。

『好きになりたい』

それは誠也がくれた掛けがえのない言葉だ。

では、付き合い始めて半年経《た》った今ならどうなのか。

もし、まだ亜梨沙のことを好きだと思えなくて、別の好きな人ができたら？

自分だってこんなに変えられたのに、誠也が変わらない保証はどこにある？

——嫌だな。

あんなお見送りまでしてもらって、大仰《おおぎょう》な決意までしたのに、真っすぐに信頼できなくなっている自分が嫌だ。最近では遠距離《えんきょり》恋愛《れんあい》をからかう友人のちょっとした冗談《じょうだん》ですら、うまく流せなくなってきている。

自分の自信のなさ、心の弱さが原因なのだとわかってはいる。わかっているが簡単に納《なっ》得《とく》して割り切れるはずもなく。

「……会いたいなぁ」

一度顔を合わせてしまえば、誠也の実直さを肌《はだ》で感じられれば、こんな悩み吹き飛んでしまう気がした。何をこんなしょうもないことで悩んでいたんだと笑い飛ばせる気がした。

しかし、同じ昼夜すらともにできない物理的な距離《きょり》はあまりに大きく立ちはだかる。

「ん、んー」

良くない良くないと、伸《の》びをしてから頬を叩いて無理やり気分を切り替《か》える。

書きかけのメッセージを消して『授業中かしら。私も課題中、頑張ろうね』とだけ送る。

誠也は最近成績を伸ばし始めているらしい。少なくとも赤点を気にしない程度には。

その変化は亜梨沙が転校してからだそうで、もしそれが本当なら自分が理由の一つなのではないかとむず痒《がゆ》い気もする。

誠也とメッセージをやり取りしていれば嫌な想像もなくなるだろう。

それまでは無理やりにでも課題を進めるべきだ。そう決めて再び机へと向かう。

しかし、結局眠《ねむ》りにつくころになっても誠也から返事が来ることはなかった。

◇　◇　◇

このごろ、視聴覚室《しちょうかく》へ向かう結衣の足には重しが載《の》ってしまう。

最近は誰も来ないということも少なくない。ただでさえ凍《こご》える季節で、心にまで隙間風《すきまかぜ》が吹くのはどうにも耐えがたい心境だった。

そんな憂鬱《ゆううつ》によって重くなった引き戸を開くと、幸いというべきかそこには誠也がいた。

「あ、先輩っ、お疲れ様です」

自然と声が明るくなる。

「結衣か」

無意識に早足で隣へと向かい、心ばかり椅子《いす》を寄せて腰かける。

「なんだか久しぶりな気がします」

「そうか？」

「はい、そうです」

浮《う》ついた結衣の気持ちとは裏腹に、それっきり二人の間に会話はなくなる。

誠也との間では特段珍《めずら》しくもないことなのだが、前まで気にも留めなかった、むしろ楽しんですらいたその時間が苦痛に感じる。

「あ、そうだ」

沈黙《ちんもく》を払うように少し大げさに手を叩いて結衣はカバンを探る。

取り出したのは一冊の本だった。

「星の王子さま。読み終わったのでどーぞ」

「ありがとう。帰ったら読む」

誠也はそれを受け取るとカバンにしまって、スマホを再び弄《いじ》り始める。

アプリゲームなどもほとんどしない彼がスマホをよく触《さわ》るようになったのは比較的《ひかくてき》最近で、理由は言うまでもなく亜梨沙との交流のためだった。

今もきっとそうなのだろう。

しかし画面を見つめるばかりで手の方があまり動いてはいないことに気づいた。

「どうかしたんですか？」

「朝比奈さんにママの店のことを言うべきか迷っている」

何気なく言われたその言葉に、何故《なぜ》だろうか、結衣は不思議なくらい動揺《どうよう》した。

「きっと、朝比奈さんは気にしている。そんな気がする」

半年前の誠也だったら、そんなことにまで気が回っただろうか。その成長は誰の功績か。

「……まだ、言わない方がいいんじゃないですかね？」

気がつけば、そんな言葉が飛び出していた。

「そうだろうか」

「はい……。多分、直接会ったときに言うべきですよ。だって、もしメッセージとか電話で伝えて何かあったら取り返しつかないですし。直接目を見て話さないと伝わらないことだってあるはずですし。だから……だから、まだ言わない方が、いいと思います」

口からもっともらしい言葉が滑《すべ》っていく。少し早口のそれに誠也は頷いた。

「確かに。そうかもしれない」

「……そうですよ。私たちのことは普通の人にはなかなか理解が難しいと思いますから」

笑《え》みを向ける。

「ありがとう。結衣」

すぐ近くに誠也の顔がある。鉄面皮にはめ込まれた瞳《ひとみ》は純粋無垢《じゅんすいむく》だ。

「恋愛マスターは頼《たよ》りになる」

机の下で結衣はきつく拳《こぶし》を握り締《し》める。

それをおくびにも出さず、少し大げさな動作で結衣はスマホを指さした。

「ところで、朝比奈さんとはいつもどんなこと話してるんですか？」

「大体向こうであったことを朝比奈さんが話して、俺はそれを聞いている」

「そうですか……」

エアコンの働く音が頭上をささやかに賑《にぎ》やかす。

焦燥感《しようそう》で気が急《せ》いてばかりで何を話すべきかが思いつかない。

「結衣」

「え、あ、はいっ」

「俺はそろそろここを出る」

「え、あ、もうこんな時間……」

誠也と過ごす時間はいつも早い。こんな沈黙が走っていてもそれは変わらない。

鼓動が速いと感じる時間も早くなる。そんな話を思い出す。

「うーん、名残惜《なごりお》しいですが仕方ないですね」

いつもの軽口に誠也は「そうか」と返した。

「じゃ、先輩《せんぱい》。また明日」

「ああ、さようなら」

変わっていない。

何も変わっていない、いつもの日常のはずだ。

「ふう」

溜《た》め息《いき》を声に出す。

「じゃあ一人寂《さび》しく本でも……ってたった今貸したんでしたね」

誰に聞かせるでもなく独《ひと》り言《ご》つ。今日は何も予定がなかった。早い帰宅という選択肢《せんたくし》はない。自宅ほど落ち着かない場所はない。

視聴覚室でただ一人ぼうっとしていると、勝手に昔の記憶《きおく》が再生され出す。

このごろ昔のことをよく思い出す。

こういう時に思い出すのは大抵《たいてい》良くないことで、結衣にはそれが走馬灯のように思えた。

◆　◆　◆

「結衣。あんた、今度から自分で客取ってきな」

前触《まえぶ》れもなくママがそう言ったのは、太一の件から数日後のことだった。

「え……？」

「パパ活、だっけ？　元々あれで返済できてたんだろ？　体売るのが嫌《いや》ならそれで稼《かせ》ぎな」

降って湧《わ》いたような提案だった。

「え、だって、それが駄目だからここに連れて来られたんじゃ……」

「そいつと話はつけた。あんたの売上の一部を渡《わた》すことで黙認《もくにん》してくれるってさ」

「……じゃ、じゃあ――」

「そんないい話じゃないよ。かなり頑張らないと返済分までは届かない」

「大丈夫《だいじょうぶ》です。やらせてください！」

釘《くぎ》を刺されるが、喜びが体の内から込み上げてくるのを誤魔化《ごまか》しきれない。そんな結衣の様子にママは苦笑《くしょう》していた。

「そうかい。頑張りな」

「はい、ありがとうございます」

「礼なら誠也に言っとくれ」

「え？」

「あの子が言ってこなきゃ、私は動かなかったからね」

ママが親指で示した先に結衣は駆ける。

「先輩っ！」

勢いよく開けた扉《とびら》の向こうには、飾《かざ》り気《け》のない部屋で何をするでもなくベッドに腰掛《こしか》けている誠也の姿。

「――」

たまらなくなって彼の胸へと飛びついた。勢い余って二人でベッドに倒《たお》れる。

「ママから聞きました。先輩が提案してくれた話……！」

「そうか」

いつものように無味に過ぎる返答。それが今は愛《いと》おしくて仕方ない。

「ありがとうございますっ。本当に、本当にありがとうございます――！」

「別にいい」

声が振動《しんどう》となって体を伝う。温度の感じられない声に彼の体温が重なる。

胸板《むないた》に頬をすり寄せながら温かく包まれる。

まだ、どうなるかはわからない。結果が振《ふ》るわず、結局体を売ることになるのかもしれない。だとしても、今ならばどんな苦難も乗り越えられる。

誠也から与《あた》えられた可能性は、確かに結衣を強く立たせた。

それから店としては異例の、結衣独自の活動が始まった。

ママの心配は全く懸念《けねん》であるかのように順調だった。

元々容姿の整っている結衣だ。幼さを残した顔と誠也の指導により、アンバランスな色気を生み出していたのも手伝って想定よりも多くの客を抱えることとなった。新規を探せばかなりの確率で引っ掛かり、半分以上がリピーターとして定着する。

相手の心に寄り添《そ》うようになったのもリピーター増加の理由だった。誠也にされたこと、それによって自身が感じたことを反映するようにした結果、昔のように無闇《むやみ》に性を振りかざさなくとも心の癒《いや》しを求めて再びやってくるようになったのだ。

結衣も日々の生活に疲《つか》れていそうな男を見繕《みつくろ》うようになった。収入に焦《あせ》ることなく、安価な散歩、食事のみから始めて関係を構築していった。

順調な一方で、ある種特別待遇《たいぐう》となった結衣にキャストの面々は良い顔をしなかった。親切だったのは過酷《かこく》な環境《かんきょう》を耐える仲間だと思っていたからこそなのだから当然と言えば当然だが、かつてよく話しかけてくれた者たちはみんな離れていった。

振り出しに戻《もど》ったように、結衣の支えは誠也とママの二人だけになった。

そのことに多少心を痛めるものの、それでも彼女《かのじょ》は平気だった。

元々意味もなく嫌われることの多かった結衣だ。正当な理由がある分納得できた。

誠也の指導は続いている。

練習などと言い含めて誠也とデート、そして過剰《かじょう》なスキンシップを重ねている。

多少の後ろめたさはあれど、彼《かれ》が断らないのをいい様に解釈《かいしゃく》していた。恋心《こいごころ》を自覚した結衣にとって、誠也との逢瀬《おうせ》はあまりにも甘美《かんび》だったのだ。

「最近、ご機嫌《きげん》だね」

ママの言葉に結衣は無垢《むく》な笑みを返した。

「はい、先輩は部屋ですか？」

「ああ、客も来てないよ」

最近誠也はよく部屋で勉強をしている。軽《かろ》やかな足取りで想《おも》い人《びと》の部屋へと向かう。

最初は陰気《いんき》に感じていた薄暗《うすぐら》い廊下《ろうか》も、今では大人びた雰囲気《ふんいき》に思える。

今日も指導をお願いしようか。

まずは食事にでも行って、そこから映画でも観《み》に行こうか。最近話題のホラー映画でも観ればそれを口実にくっつけるだろうか。それが終わればまた――

想像に顔を赤らめながら、結衣は扉を開けた。

ママの言う通り、誠也は部屋にいた。

だが呆然《ぼうぜん》と立ち尽くすその顔は、死人のように真っ青だった。

「……先輩？」

スマホを耳に当てていた彼はちょうど通話を終えたところだった。

「母さんが倒れた」

「え……？」

大事なものが抜《ぬ》け落ちたような声だった。

「母さん、母さんが……搬送《はんそう》、病院に……」

「先輩、落ち着いて、落ち着いてください」

バランスを崩《くず》してへたり込む。

「おれは、どうしたらいい。どうしたら……」

見開かれた目には混沌《こんとん》とした感情が渦巻《うずま》いて、顔は血の気が引いて、痛々しい。

ベッドに崩れるように座《すわ》り込んだ誠也は、そのまま頭を抱える。

「おれ、は……どうすれば……」

声が掠《かす》れている。

迷子のように頼りない想い人の姿に結衣はたまらず駆《か》け寄った。

「先輩っ！」

抱《だ》きしめた彼の体は嘘《うそ》のように冷え切っている。

「先輩、先輩、大丈夫ですっ。私がいます。何かあったら……何かなんて万に一つもないですけど、そうなったら私も一緒《いっしょ》に考えます。私と先輩がいればきっとどうにでもなります！」

ゆっくりと頭を撫《な》でる。

動揺が伝わってきて、結衣自身も震《ふる》えそうになるのを懸命《けんめい》にこらえながら、努めて優しく抑《おさ》えた声で囁《ささや》く。

「先輩にはいっぱい助けられたんですから、今度は私の番です。私にできることなら何でも言ってください。授業中だろうと夜中だろうと駆けつけます。本当です」

誠也の呼吸が引きつけのように乱れている。誠也にとって母がどれほど大きな存在なのか、それを失った痛みがどれほど大きいのかがそれだけでも理解できる。

「先輩はこんな辛いお仕事をここまで切り抜けてきたんです。お母さんのことだって絶対何とかできますから。だからまずは落ち着いて」

ぎゅっと強く。

いつもより少し高い結衣の体温が氷のように冷たい誠也のそれと混ざり合う。

「大丈夫、大丈夫ですよ」

いつか彼にしてもらったようにゆっくり背中を優しく叩《たた》く。こんな時でも鼓動《こどう》は高く、速く鳴ってしまう。立ち上る歓喜《かんき》に背を向けて誠也の心の平穏《へいおん》を願う。

「大丈夫、大丈夫」

どれだけそうしていただろうか。

やがて結衣の抱擁《ほうよう》からそっと抜け出した誠也の顔はまだ青白さを残していたものの、随《ずい》分《ぶん》と血の気を取り戻していた。

「ごめんなさい」

最初に飛び出したのは、口調に合わない幼い謝罪。

「取り乱した。迷惑を掛《か》けた」

「い、いいんです。先輩のお役に立てるなら、私は……」

少しは恩返しできただろうか。

もしかして場違《ばちが》いに高鳴った鼓動が伝わってしまっていないだろうか。

照れ臭《くさ》いようなむず痒いような心地《ここち》にはにかむ結衣の目の前で、誠也はごそごそと懐《ふところ》を探《さぐ》る。スマホでも探しているのだろうか。

「結衣ありがとう」

やがて、結衣の眼前に差し出されたそれは——

「――え……？」

数枚の千円札だった。

「せん、ぱい……？」

「今はこれしか持ち合わせがない。足りない分があれば今度払うから教えてほしい」

りかいできない。いみがわからない。

「どういう、こと、ですか……？」

「今日指導の予定はなかった。今日結衣がしたのは接客だ」

「違《ちが》います！　これは、今日のこれは……っ！」

そんな汚《きたな》いものじゃない。

そんな下卑《げび》たものじゃない。

信じられない。

洪水《こうずい》のような疑問と裏切られたという憤慨《ふんがい》が埋め尽《つ》くす。

「私は、あなたが、あなたのことが――……」

わけもわからないまま想いをぶつけようとして。

それが尻《しり》すぼみになったのは、誠也の表情を見たからだった。

——ああ。

〝また〟何か間違えただろうか。

顔も知らぬ誰《だれ》かの影《かげ》で不安に揺《ゆ》れ、やけに怯えた顔。

使い古された自問を巡《めぐ》る瞳。

「結衣に嫌なこと、をしてしまったか?」

言われた約束事を愚直《ぐちょく》に守ろうとする忠犬のような目。

——私の気持ちは、この人には届かない。

何よりも誠也の表情が語っている。彼はただ正解か不正解か、そんな二択《たく》の問題を解いているだけだ。結衣の心などまるで見ていない。

しかし、彼を責められるはずもない。

『私のことを、絶対に好きにならないで』

結衣もまた、彼の心を考慮《こうりょ》しない約束を求めたからだ。

『ここにいるってことはあなたもきっと大変な目に遭ったんだろうけど、私には関係ないし、興味ないし、どうでもいいから』

相手を見下した物言いが、諸刃《もろは》となって結衣を切り裂《さ》く。

気に掛けてくれた彼の心を辻斬《つじぎ》りにしておいて今さら好きだなどと、どの口が言うのか。

――私は、とんでもない大バカだ。

散々相手の気持ちを無視しておいて。

相手のためにしてあげている、などと自分に酔《よ》って優《やさ》しくして。

見返りが期待外れだからと声を荒《あら》らげて。

『おい、俺《おれ》はこんなことのために親切にしたわけじゃないぞ!』

『おまえが自分勝手だから、誠也ちゃんが肩代《かたが》わりさせられる』

かつて浴びせられた糾弾《きゅうだん》が追いついてくる。


――私の抱《かか》えてた気持ちって、何。


「俺は、何か間違えたか」

結衣は力なく首を横に振った。

「……いいえ、先輩は何も悪くないです。……お気遣《きづか》いいただいて、ありがとうございます」

差し出された金を受け取る。誠也の心を殺し続ける誰かと同じように。

渦巻く後悔《こうかい》が吐《は》き気に変わる。

「結衣、大丈夫か？」

「……はい」

眉根《まゆね》を歪《ゆが》めた結衣を見た誠也の声に、無理やり笑みを作る。

――あんなこと言わなければ。

「ええ、大丈夫です！」

あり得ぬ未来を振り払うように声を張り上げる。少なくとも落ちた影を彼に悟《さと》らせるわけにはいかない。せめてこれ以上、彼を傷つけてはいけない。

それだけは許されない。

「そんなことより、本当はこんなに安くないんですから」

軽口は淀《よど》みなく、真意だけをさらっていく。

「大事な先輩にだけ、特別です」

このくらい伝えるだけなら許されるだろうか。

こんな冗談交じりなら、少しだけなら。

神に恐る恐るお伺《うかが》いでも立てるように、さっきまで自覚していた気持ちを安っぽい好意に落とし込《こ》んで誠也へと届ける。ただのわがままと思いながら、その気持ちが得体の知れないものになり果てながら、それでも止まることはできなかった。

「そうか。ありがとう」

どこかほっとしたように頷《うなず》く誠也に、内包した意味は伝わらない。

「病院へ行ってくる」

去っていく背中を見送る。

伝わらないなんて当たり前だ。キャストと客の間に、気持ち通りの言葉などない。

特に彼は、他者の感情を受信するアンテナが折れている。

『約束して』

ましてや、二人の間には迂闊《うかつ》に作った強固な結び目があるのだから。

『どんなことがあっても――今の距離感のまま、私たちの関係が絶対に変わらないこと』

不変の約束。

誠也に気持ちが伝わらないなど、なおさらで、今さらだったのだ。

結衣に課された借金は数か月後にあっさりと完済された。

薄皮《うすかわ》一枚隔《へだ》てられているような心地で、達成感や感慨《かんがい》などといったものはなかった。

店は辞《や》めなかった。

母の浪費《ろうひ》が変わっていない以上、収入がなくなればまた借金が増えるだけだ。収入を得るだけなら他にもやりようはあるが、何より誠也と離《はな》れるのは耐《た》え難《がた》かった。

その誠也は私立の進学校へ挑戦《ちょうせん》するらしい。

太一が学費を出すそうだ。随分気に入られたらしいが、純然たる好意なのかは疑わしい。

母親に褒《ほ》められるだとか嘯《うそぶ》いて、自身に借りを作って縛《しば》りつけるためではないか。

結衣はそう考えている。誠也が熱心に入学へ向けて勉強し出したのを見ているととても言えはしないが。彼の母が認めてくれることを祈《いの》るばかりで、結衣にできることと言えば、誠也を追いかけることくらいだった。彼のためなどとはもう口が裂けても言えないが。

結衣の母は、再び学費で借金を背負うことになっても、意外なことに何も言わなかった。

頑張《がんば》りな、と一言言われたくらいだ。

——一体私は何をしているんだろう。

全て白く覆《おお》い隠《かく》された雪原の真ん中を、目的もなく彷徨《さまよ》っている。

いつか彼が振り向いてくれやしないか、そんな淡《あわ》い期待を、目を逸《そ》らしながらも抱き続けている。だが関係は嫌というほど変わりなく、二人の道は平行線を辿《たど》り続ける。

無為《むい》に消耗《しょうもう》してゆく日常の中、それは突然《とつぜん》やってきた。

「朝比奈さんの弁当が食べたい」

終わりの予感に、結衣の心は大きく震えた。

第四章

　ママの連絡《れんらく》を受けて入口へ向かうと、椎名がいつものようにどこか所在なさそうに待っていた。

「椎名さん。最近よく会いますね」

「結衣ちゃん。あはは、ごめんね何回も……」

「いいえ、私は嬉《うれ》しいですよ」

　いつもと寸分変わらぬ笑みを浮《う》かべると、椎名はそれでも嬉しそうにはにかんだ。

「じゃあ、行きましょうか」

　腕《うで》を組んで歩き出す。

　今日の椎名は、どうも余裕がなさそうだった。

　会話も食事も上の空で、危《あや》うく彼のワイシャツにこげ茶色の柄《がら》がついてしまうところだった。

「結衣ちゃんは、勉強頑張ってるかい？」

ふと聞かれた質問に、結衣はふーむと仰々《ぎょうぎょう》しく唸《うな》った。

「自分なりには頑張ってますよ。他のクラスメイトに聞かれたら鼻で笑われますけど」

「あー、それは頑張ってる、の、かな……？」

曖昧《あいまい》に笑う椎名に、学者面を保ったまま結衣は講義を始める。

「頑張るって結構難しいと思うんですよ」

「はぁ」

「何を以《もっ》て頑張ったっていうんですかね。後先考えずにやろうと思えば人間何でもできるわけじゃないですか。一睡《いっすい》もせずに常に机に向かうとか。でもそれって効率で言ったら絶対に非効率ですよね」

「まぁ、そうだね。プロのサッカー選手も午前中しか練習しないって聞くし」

「そう、それです。なんか足りない気がしますよね。でもそれが一番効率いいからそうしてるんです。つまり、そういうことです」

「そういうこと？」

「私は私の高効率なやり方をしているだけなので、私の努力が足りないって思ってるクラスメイトが間違《まちが》ってるんですねーこれが」

「……でも、結果が伴《ともな》ってないなら意味ないよね」

鋭《するど》いつらのような指摘《してき》に、誰よりもそれを言った椎名が驚《おどろ》いているようだった。

「むぅ、確かにそれを言われるとぐうの音も出ませんね。むぅは出ますけど」

「あの……ごめん」

「むぅむぅ」

頬杖《ほおづえ》をつきながら口をへの字にして、鳴き声とともに椎名の頬《ほお》を突《つつ》く。

「いや、あの、ほん、ほんとに、すみません、でした？」

結衣の攻撃《こうげき》に困り果てた顔をしたのを見て満足げに指を下ろした。

「何かあったんですか？」

「……」

言うべきか言わないべきか。逡巡《しゅんじゅん》が何周も椎名の頭を回っているようだ。

何度も会っていればわかることはある。彼がママの店に来る時は辛《つら》いことがあった時だ。

何より結衣が自身の客として誘《さそ》うのは、そういう吐き出せないものを抱えていそうな人間なのだから。

「今日は、早めに出ましょうか」

優しく問いかけると椎名は弱々しく頷いた。

ママの店にある結衣の部屋は、年頃《としごろ》の少女らしい雰囲気をしている。

扉を開けて最初に香るのは、女子高生に人気の甘《あま》い香りがするルームフレグランスだ。

備えつけの間接照明とは別に、植物を編んだルームランプが優しく部屋を照らしている。

アシンメトリーのスタイリッシュな棚《たな》には、自宅から持ってきたぬいぐるみや可愛《かわい》らしい小物がしつこくない程度に置かれている。自宅で見つけた、はらぺこあおむしもある。

いささか部屋に不釣《ふつ》り合いな大きなベッドには動物の足跡《あしあと》の柄のカバー。

「上着もらいますよ」

「あ、うん」

アウターを受け取り、自身のそれも脱《ぬ》いでハンガーに掛けた。

ぼうっと突っ立っている椎名を差し置いてベッドに倒れ込む。

「んあ〜今日も疲れましたね〜」

大の字からの雑な発声に椎名は苦笑した。

「ほら笑ってないで。椎名さんも」

ぽんぽんと隣《となり》を叩いてようやく、おずおずとベッド端《はし》に腰掛けた。

スーツの上着を横に置いてネクタイを緩《ゆる》める。

「前も言いましたけど、男の人がネクタイを緩めるのっていいですよね」

「言ってたね。僕《ぼく》にはあんまりわからないけど」

「戦士の休息って感じがします。腕時計《うでどけい》を外すのとかも好きです」

「企業《きぎょう》戦士ってやつかな」

「いいですねぇ。強そうで。敵は誰ですか？」

「えー……、取引相手とか、クレーマーとか？」

「なるほど。それで戦っていくと、実は自分の組織のトップが本当の敵だったのが発覚するって展開ですか。激熱ですね」

「んー、社長を味方だと思ったことないからなー。直接話したこともないし。そうなっても、あ、そうなんだって感じ。課長とかの方が悪者のイメージ近いかも」

椎名は大手の会社勤めだと聞いている。本人は自信なさそうにしているが、世間から見れば十分に優秀《ゆうしゅう》な方だった。そのイメージがまた彼を苦しめているのかもしれないが。

「まあそんなもんですよね。でもラスボスが課長ってちょっと華《はな》がないので……」

「あはは、確かに」

他愛《たあい》もない雑談で緊張《きんちょう》を解したところで、結衣は体を起こした。

「じゃあそんな戦士さんにご褒美《ほうび》でもあげましょうかね」

太ももをぺちぺちと叩く。

椎名の目に期待と理性がせめぎ合う。

「う、うん……」

恥《は》ずかしがり屋《や》なのか初心《うぶ》なのか、彼は何度来てもこの瞬間《しゅんかん》に理性と緊急《きんきゅう》会議を始めてしまう。一押《ひとお》ししてやる。

「ほら、早く早く～」

彼の手を取って膝上《ひざうえ》辺りを触らせる。

「……」

無言で顔を赤くした。

「はいそのまま体を倒してくださーい」

その腕を少し引いてやれば素直《すなお》に体を横倒す。少しだけ遠ざかって位置を調整した。

ゆっくりと両ももの上に頭が乗っかる。

椎名の髪《かみ》と伸びだした細かな髭《ひげ》の感触《かんしょく》を冷えた太ももが鈍《にぶ》く伝える。

「何度されても……その、恥ずかしい、な」

「気にしなくても大丈夫ですよ～」

頭を撫でる。

「今ここには私とあなたしかいません。何も取り繕《つくろ》う必要はないんです」

上向きになっている耳にそっと囁く。

「気を張る必要はありませんから。ゆーっくり、心を私に預けてください」

この光景は、目も当てられない犯罪行為《こうい》にも見えるかもしれない。大の大人が少女に甘える姿など見るに堪《た》えないと大多数が思うだろう。

「同期の奴《やつ》らが見たらなんて言うんだろう、な……」

だがここに人の目はない。何も取り繕う必要はない。

「何も、言わないか。どうせ……どうせ……」

抱え込んできたものが漏《も》れ始める。

どうせ、もう情けない姿をさらしているのだからと、蓋《ふた》をずらしていく。

「う……く……っ」

乗っている頭が熱くなって、嗚咽《おえつ》が聞こえた。

太ももに生暖かい感触が伝う。

「だって、こんな、こんな情けない……っ」

その人がその人でいられるように膿《うみ》を吐き出す場所。

それを提供するのが、今自分がしている仕事なのだと結衣は思っていた。

「誰にでも苦手なことや弱いところはありますよ。どうせ私しか見てません。今は少しだけ大人をお休みしましょう？」

柔《やわ》らかなタオルケットで包むように声を掛ける。

「僕はっ……なんで、こんなに……うまく、できな、くて……っ」

亀裂《きれつ》から噴《ふ》き出す途切《とぎ》れ途切れの悲鳴を柔らかな微笑《ほほえ》みとともに見守る。

彼の吐き出す言葉には、肯定《こうてい》も否定もしない。

苦しさも辛さもその人だけのものだ。安易に共感されてほしくないこともある。だから結衣は震えるその背を、頭を撫でるだけに止《とど》めていた。

大人とは、社会人とはどんなものなのだろう。

想像を巡らせる。

当たり前のように普通《ふつう》の生活を送る人がいる一方で、結衣が見つけて誘った大人はことごとく張りつめていてくたびれていた。まるで天から糸で吊《つ》られてようやく立たされているように見える。

その糸を外してやれば、この椎名のように崩れ落ちて弱いところを剥《む》き出しにした。

「難しいですよね」

普通にやればいいじゃん。簡単なことだよ。

その簡単は、誰の基準なのだろうか。

赤子にとって、歩くことがまだ困難なように。

あるいは老人にとって、歩くことが困難になってしまったように。

駄弁《だべ》りながら歩いている人たちに全力疾走《しっそう》でも追いつけない人がいる。

あるいは、常に全力疾走すればギリギリ追いつけてしまう人もいる。

頑張れよ。

それは本当に彼らを慮《おもんぱか》る言葉だろうか。

本来は温かい応援《おうえん》であるはずのそれが、冷たい拒絶《きょぜつ》となって浴びせられる。

「ほんとに、難しいです」

一方で、その拒絶はもしかしたら、寄り添い続けた結果なのかもしれず、一概《いちがい》に糾弾するのも違う気がしてしまう。だから結衣に言えることは。

「今は、ゆっくり休んでください」

これしかない。

「せめて今だけ」

彼はラベリングされるような症状《しょうじょう》があるわけではない。しかし、だからこそ理解されない。

自分より大変な人はいくらでもいるのだから、と鼓舞《こぶ》しながら歩く。

自分もいっそ極端《きょくたん》なものを背負って生まれたかった。

そんなことを考えてしまって、自己嫌悪《けんお》に陥《おちい》って、また自分を削《けず》って。

一日ずつ、どうにか凌《しの》ぐように生きる人生がある。

正しく生きても、朝日が待ち遠しくなるわけではない。

結衣はそのことをよく知っている。

初めは結衣が呼び込んだとはいえ、受け入れた以上椎名は社会に半分背を向けている状態だ。それを肯定してはいけないのかもしれない。

だが、集団から逸脱《いつだつ》して初めて降ろせる荷物もある。

「今日も、よく頑張りましたねー。情けないと思っていても、今日も一日頑張れた椎名さんが私は大好きですよー……」

外から見れば大した努力をしていないように見えても、息を切らしていなくとも、彼は彼なりに必死で生きているはずだった。

吐息《とい》がかかるくらい耳に唇《くちびる》を寄せて囁く。

しゃくり上げる姿を見ていれば伝わるものはある。

――どんな人でも、たとえ犯罪者でも、世界に一人くらい味方がいたっていいはずだ。

誠也から与えてもらったものがある。

孤独《こどく》だった頃《ころ》に寄り添ってくれた思い出がある。

――私が誰かにとってほんの一匙《さじ》の救いになれるなら。

誠也のおかげでママの店でも異質なところに収まった結衣のポジションだが、今となってはやりがいのようなものも感じ始めている。他人から見てどのように感じるかはわからないが、この生活だって悪いことばかりではない。

何事にもやりがいや楽しさはあるものなのだから。

――……。

心のどこかで、冷めた自分が鼻で笑った気がした。

椎名を見送って戻ってきた結衣を、いつものようにママがカウンターで出迎《でむか》えた。

「罪作りだね。あんたも」

「そんなんじゃないですよ。椎名さんは線引きできる人ですから。……それよりママ、お願いしたこと、大丈夫ですよね？」

問いかけるとママは渋《しぶ》い顔になった。

「あー、あの話ね。私はいいけど。あんた、考え直した方がいいんじゃないかい？　……どうせ卒業まで数年もないだろ？」

「いいんです。そうしたいからそうするんです」

「私は自分のためにしか動かない～ってやつかい？」

お粗末《そまつ》な声真似《まね》にムッとしながらも頷く。

「……よくわかってるじゃないですか。そういうことです」

「偉《えら》そうに。まあいいけどね。人様のご家庭に首突っ込むほど世話好きじゃないしね」

鼻を鳴らすママにすみませんと苦笑する。

「それで、誠也とはどうなってんだい？」

「……どう、とは？」

結衣の表情が消える。

「ケジメ、ついてないんだろ。あんたの中で」

「……別にケジメも何も、私と先輩《せんぱい》の関係は変わりませんよ。私がそう望んでるんですから。それこそいつも言ってるじゃないですか」

はぁ、と駄々《だだ》をこねる子に対面したように大きなため息を吐いた。

「本当にあの子のことになると嘘が下手になるね……。どんだけ嘘を重ねたって自分のことは騙《だま》せやしないよ。そんなことができんなら、この店はもっとハートフルで華やかさね」

「……ハートフルって言葉、ママの口から出るものなんですね」

「そうやって話逸らそうとしても同じだよ。あんたの気持ちは何も変わらない」

胸を指されて唇を噛《か》みしめる。

「……じゃあ、どうしたらいいんですか」

歯の隙間《すきま》からじわりと苦渋《くじゅう》が滲《にじ》む。心許した人の前ではどうしても感情の栓《せん》が緩くなる。

「散々先輩に迷惑《めいわく》かけて、嫌《いや》なこといっぱい押《お》しつけて、好きになるなとか言っといて勝手に好きになって、ようやく進みだしたあの人の邪魔《じゃま》をしろって言うんですか？」

「……」

「ようやくここまで来れたんです。私が我慢《がまん》すれば全部丸く収まるんです」

誠也を救いうる誰か。いつか現れるその人をずっと待っていた。

自分はそれまで彼を守る外箱に過ぎない。用が済んだら気づかないうちにどこかへ消えている。そんな安っぽくて薄《うす》っぺらな箱なのだ。

「結衣。あんたの言ってることは正しいよ。誠也と朝比奈だっけ？　が付き合って、自分は長年秘《ひ》めた気持ちを殺して想い人の幸せを守る。世間様は尊いとすら感じるだろうね」

「じゃあ――」

「でも、そんなもんクソ食《く》らえだ」

カウンターの上の拳《こぶし》が強く握《にぎ》り込まれた。

「結衣」

腫《は》れぼったいまぶたの奥《おく》にある、鋭い光が結衣を射《さ》す。

「正しく生きれば、あんたは笑えるのか？」

ついさっき椎名に対して思っていたことを突きつけられる。

きつい眼差《まなざ》しはそれでも不思議と温かく、結衣の冷えた胸の奥がまた一つ緊張を解く。

「あんたは自分勝手、なんだろう？　私はね。あんたの笑ってる顔が好きだよ」

「……でも。でも、そしたら先輩に迷惑が……」

そうかもね、とママはそれを否定してはくれない。誰にも迷惑の掛《か》からない、そんな都合の良い道などない。しかし――

「あんたは今まで誰にも迷惑掛けずに生きてきたのかい。今さらだよ。好きになるなって約束した？　だからなんだ。そんなもんすっとぼければいいだけだろ。スタートの時点でゴールが決まるほど人生楽じゃないよ、人生舐《な》めんな。あんたばかり我慢してやる必要はない。思いっきり迷惑掛けてやればいい」

説教しているような口調で、しかし浮かべる色は穏《おだ》やかで優しい。

「そんなの許されるわけ、ないじゃないですか」

「許しが欲《ほ》しいんなら、私が許してやるよ。どうせ神様なんかいやしないんだから」

ふてぶてしい言葉は、しかし力強く俯《うつむ》く結衣の背中を押す。

「……でも、そうさね。一つだけ気をつけるとするなら、迷惑を掛けるなら掛けるなりに誠意を忘れるんじゃないよ。スジは通しな。それさえ忘れなきゃいい。だからね、結衣――」

手を握られる。

血の通った、温かな手。

「――好きにいきな」

結衣を見つめる目は懐《なつ》かしいものを見るような、それでいて真摯《しんし》な輝《かがや》きを放っている。

「誠也と一緒にいるあんたが、一番可愛いよ」

「――そう、ですかね」

そんなことが許されていいのだろうか。

散々他人を犠牲《ぎせい》にしてきて、それでもなお自分に正直に生きてもいいのだろうか。

胸の内に塗《ぬ》りたくられた罪悪感はまだ自己犠牲を求めている。人のために尽くせと叫《さけ》んでいる。でも――

「そうだといいなぁ……っ」

本音を口に出すのは本当に久しぶりで声が裏返ってしまう。

それでも胸に吹《ふ》き抜けるものを感じて、結衣はママに笑って見せた。

翌日の昼休み。

これと決めたもの一つ胸に秘めて結衣は歩く。

行く先は誠也がいる教室。

「先輩、いますか？」

教室の隅《すみ》まで聞こえるように言った。注目が集まる中、立ち上がったのは一人の青年。

「結衣？」

いつもと変わらない無機的な表情にほんの少しの困惑《こんわく》を乗せて彼《かれ》は近づいてくる。

「珍《めずら》しいな」

結衣が二年の教室までやってきたのはこれが初めてだった。

誠也の言葉は拾わずに、自身にとって必要なことだけを問う。

「今、空いてますか」

「ああ」

「じゃあ、来てください」

言うが早いか、結衣は踵《きびす》を返して廊下《ろうか》を進む。

誠也が後ろをついてきているのを足音で確認《かくにん》して屋上へ続く階段を上った。

ただでさえ重い鉄扉《てっぴ》は裏で押し返す雪によって抵抗《ていこう》を増している。

結衣の力ではほんの少しの隙間しか開かない。

「代わる」

誠也が体ごと鉄扉を押すと鈍い音とともに、人一人通れる隙間ができあがった。

いつもなら彼をべた褒《ぼ》めするところだが、結衣は「行きましょう」と彼の袖《そで》を引っ張った。

隙間から吹く風に押されながらすり抜《ぬ》けると、モノトーンの世界が広がった。

足跡一つない新雪が屋上に蓋をしている。幸い、定期的に除雪されているのか、中央だけで言えば足が埋《う》まるほどの量にはなっていない。

フェンス傍《そば》まで進んで振《ふ》り返る。

一人分の足跡を挟《はさ》んで誠也と向かい合う。

「先輩と朝比奈さんが付き合い始めて、もう半年ですね」

「ああ」

「楽しいですか？」

「楽しい」

見ていればわかる。

亜梨沙と話す時の誠也は表情も言葉も少しだけ柔らかい。それは触《ふ》れた瞬間に消える粉雪のような儚《はかな》いものだったが、間違いなく回復しつつある誠也という人格の片鱗《へんりん》だ。

「先輩。朝比奈さんに会いたいですか？」

「会いたい」

考えるまでもないとばかりの即答《そくとう》。

「先輩に聞きたいことがあります」

「ああ」

「朝比奈さんのことが好きですか？」

それは、半年前に亜梨沙自身が誠也に問いかけた質問だ。

後から聞いた話だが、その時彼は好きではないと答えた。だが、好きになりたいのだ、と。

半年経《た》った今、彼の気持ちは――

「好きだ」

想定内の回答のはずだった。

それでも、心臓が全ての血液を吐き出してしまったような衝撃《しょうげき》が結衣を襲《おそ》う。

思わず胸を手で押さえる。奥歯《おくば》を噛みしめて耐える。

今にもくずおれそうになる膝《ひざ》を叱咤《しった》するのはまだ続きがあるからだ。

「なんでそう思うんです？」

「恋人《こいびと》に会いたいと思うのは、好きだということだろう」

無垢《むく》な顔で一足す一の解を答えるように言う。

――ああ、ほらやっぱり。

胸がざわざわとして落ち着かず、早く早くと焦燥《しょうそう》が募《つの》っている。

前まで誠也の考えは手に取るように理解できていた。今はもう彼が何を考えているのか、何を感じているのか、そのほとんどが結衣の外にある。

それは結衣にとって身を切りつけられるような寂《さび》しさを伴うもので。

「先輩」

だがしかし――

「その好きは、会いたいは……恋人としてですか？　お母さんの代わりとしてですか？」

理解しているからこそ、踏《ふ》み込めない領域がある。

理解していないからこそ、踏み込める領域がある。

『だって、こんな、こんな情けない……っ』

金銭でつながっている関係だからこそ、打ち明けられる悩《なや》みがあるように。

今だからこそ踏み込める核心《かくしん》に、越《こ》えられなかった一線に、結衣は確かに手を掛《か》けた。

「……」

誠也から返事はない。

彼は、こと愛情の機微《きび》に関して言えば幼子のようなもので、彼自身深く考察したことはないのだろう。

他人を想《おも》うことに何の違《ちが》いがある。

そんな疑問が誠也の無表情から透《す》けて見えることに結衣は心を痛めた。心を痛めながら、誠也の無機質な顔の奥にある葛藤《かっとう》が理解できることに、仄暗《ほのぐら》い喜びが立ちのぼる。

「……は、ぅ」

じんと熱がこもる。

まるで誠也と心を重ねているような心地《ここち》だった。ここ数か月遠くなった想い人が自分のもとへ帰ってきたような気がした。

——ほらね。大丈夫《だいじょうぶ》だったでしょ？

仄暗い声が耳元で囁《ささや》いた。

彼はまだ完全に立ち直ったわけじゃない。まだ何も変わっていないじゃないか、と。

雪に残っていた自身の足跡を踏みつける。遠かったはずの誠也がもうすぐ近くにいる。

──母親を重ねているだけならチャンスはある。まだ間に合う。

倒錯的《とうさくてき》な愉悦《ゆえつ》を伴って結衣を苛《さいな》む。

結衣が己を制していたのは、何も自分の行いを反省していたからだけではない。

誠也の求めているものが母へのそれだと知っていたから、自分の恋心を家族愛と混同されたくないから想いを伝えられずにいたのだ。亜梨沙はそれをわかっていない。わからないまま、彼と付き合ってしまった。

だから、彼らの関係は間違っている。

このまま進めと欲望が囁く。

あれは勘違《かんちが》いだったのだと言ってしまえば、彼は戻《もど》ってくる。いいじゃないか。かの人は自分で気づいていないだけで、もういろんなものを持っている。何もない自分が唯一《ゆいいつ》の大事なものを譲《ゆず》ってやる必要はない。

脳の深いところで結衣と同じ声の誰《だれ》かが早口でまくし立てている。

「わからないんですか……？」

縋《すが》るように尋《たず》ねた。

誠也が一言「恋人としてに決まっている」と言ってくれたなら止まることができるのに、

そんな彼女《かのじょ》の願いを裏切るように、あるいは叶《かな》えるように彼は口を開かない。

戸惑《とまど》ったような彼を見つめると強くなる、皮膚《ひふ》の内側が痺《しび》れるような感触。

逆巻く欲望が結衣をまた一歩進ませる。彼の胸板《むないた》に手を添《そ》える。

頬を寄せれば限りなく押し寄せるものがある。足元がおぼつかなくなる。

「先輩……」

――ずっと、ずっと我慢してきた。

久しぶりに間近で見上げた想い人の顔は思い出よりもほんの少し遠い。しかしそれでもまだ両手で頬を包むには差し支《つか》えなく。

誠也に触れた先から蕩《とろ》けていく。

乾《かわ》いていた心に甘い雨が降り注ぐ。

もっと、もっと。抗《あらが》いがたい欲が疼《うず》く。

「駄目《だめ》、なんですよ……？」

誠也に近づいた部分がどうしようもなく惹《ひ》かれようとしている。逆らえず、結衣はゆっくりと踵を上げた。

――綺麗《きれい》な自分でい続けてきた。

頬を包む両手を引き寄せる。

距離《きょり》が近づく。

緊張で締《し》まる喉《のど》を小さく鳴らす。

――だから。

もう少しで誠也の顔がぼやける。お互《たが》いの吐息が肌《はだ》を撫《な》でるたび、背筋が切なく痺れる。


――もう、いいよね……？


目を閉じる直前、見えたものは。

黒曜石の瞳《ひとみ》が迫《せま》り。

そこに映る結衣の顔。

唇をわずかに開き、浅ましく発情したメスの顔。

軽蔑《けいべつ》の視線を向けていたはずの誰かの顔が重なって――


ぺち。

そんな間の抜けた音が誠也の両頬から鳴った。

「……もう」

悪戯が成功した。

そう言わんばかりの表情で結衣は笑って見せた。

「先輩は、ただでさえ周りから勘違いされやすいんですから。せめて先輩自身だけでも気持ちをきちんと理解してないと駄目ですよ」

――私は、お母さんとは違う。

欲望が取り囲み臆病者《おくびょうもの》と冷笑《れいしょう》しても尚《なお》、舌足らずなプライドはむきになって吠《ほ》えている。

「わかります、よね？」

踵を下ろして首を傾《かし》げる。結衣を引き止めたのは正義感でも倫理観《りんりかん》でもない。

好きな人の前では、綺麗な自分でいたい。

ただ、それだけだった。

「結衣……？」

疑問符《ぎもんふ》を浮かべる誠也を見つめる。結衣が何を考えていたか、何をしようとしていたか、欠片《かけら》も疑っていない顔。

守り切った些細《ささい》な矜持《きょうじ》と、切り捨てた未来が苦く沈《しず》む。

「こんなくだらない質問なんか鼻で笑って、俺《おれ》は朝比奈さんを愛してる！　アメリカに届け俺のマイラヴ！　くらい叫ばないと」

——震《ふる》える声に気付かれませんように。

振り切るように声を張り上げる。

「ここから叫んでも届かない」

現実を告げる誠也に、芝居《しばい》がかった仕草で大仰《おおぎょう》に背中を向けて腕を広げた。

「……知らないんですか？　想いはっ、想いは空間を超《こ》えるのですよ……っ？　わ——朝比奈さんが先輩を想うように、どこにいても絶対……絶対です」

呆《あき》れて笑ってしまうようなセリフを読み上げる。胡散臭《うさんくさ》いと思われてもよかった。そのくらいでちょうどいいのだと思った。

「そうなのか」

——私の想いが先輩を縛《しば》りませんように。

広げていた手を下ろし、結衣はフェンスに手を掛けて景色を眺《なが》める風を装《よそお》った。

「さ、先輩。そろそろ休憩《きゅうけい》時間が終わりますよ。私はもう少しここにいますから。先に戻って反省してください」

「ああ」

返事とともに背中を向けたような気配があって、結衣の視線は地を這《は》った。

「結衣」

「……はぃ？」

少し形の崩《くず》れた返事がやっとだった。

「ありがとう」

――あれ、何か感謝されるようなことありました？

軽い調子で返そうとして、結局噛みしめた口を開くことはできなかった。

最後のやり取りの間も結衣は振り向くことはせず、鉄扉が誠也の体に触れて僅《わず》かに軋《きし》む音と離《はな》れていく足音だけを聞いていた。

――ママごめんなさい。私、できませんでした。

どこにも振《ふ》り切れられず、中途半端《ちゅうとはんぱ》なところをうろうろと彷徨《さまよ》っている。

所詮《しょせん》、自分なんてこんなものだ。それがわかっただけでも良かったのかもしれない。

外れかけた道化《どうけ》の仮面を被《かぶ》り直す。

昼休みがもうすぐ終わる。喧騒《けんそう》は遠く、まるで積もった雪が音を吸い取ってしまったかのように思えた。

「はーっ」

未《ま》だ僅かに震える息を吐《は》いて、かじかんで赤く染まった指を温める。

白い呼気を追って見上げた空は青く、夜には瞬《またた》く星も太陽光に遮《さえぎ》られて見えやしない。

――誰か、気づいている人はいるんだろうか。この空の先に、今も星があることを。

ふと、そんなことを考える。

夜ならば、誰かが星を見上げている。何かを祈《いの》る人だっているかもしれない。

では、昼間の彼らを気にかけてあげる人は誰かいるのだろうか。

感傷的になり過ぎかと自嘲《じちょう》しながら、結衣は寒さにかじかむ両手の指を組んだ。

「見えてる時ばっかり頼《たよ》るなんて、虫が良すぎますもんね」

おどけるように独り呟《つぶや》く。

大舞台《おおぶたい》に立った後のように高揚《こうよう》している。少し状況《じょうきょう》に酔《よ》っているのかもしれないと思う。

いつも心の片隅《かたすみ》に寄りかかっているリアリストの自分が、痛い奴だとため息を吐く。

そんな自分に結衣はわかってないですね、と言い返した。

――別にいいじゃないですか。この先、ただ辛い失恋《しつれん》を引きずるより、ドラマチックな思い出を抱《かか》えて生きた方がきっと楽しいです。

心中のリアリストを説《と》き伏《ふ》せた道化は、聖女のような敬虔《けいけん》を演じて祈りを捧《ささ》げる。

まだ春は少し遠い。

風は冷たく、組んだ指を容赦《ようしゃ》なく苛む。

未だ割り切れない感情もまた同様に。

だが。

「どうか、どーか！……先輩が、幸せでありますように」

昼の星にも願いを。

この痛みすら願いの代償《だいしょう》なのだと考えれば、愛《いと》おしいと思《おも》い込《こ》めそうだった。

◇◇◇

「ねえ、どうしたの？」

亜梨沙が問いかけると、誠也は微睡《まどろ》みから覚めたように視線を上げた。

『……ああ、いや』

テレビ通話を開始してからずっとこんな調子だった。

最初はいつものように話していた亜梨沙だが、少しして様子が違うことに気づいた。

画面越《ご》しに窺《うかが》う誠也の鉄面皮は殊更《ことさら》に強固で、ある程度彼の感情を理解できるようになったと思っていた亜梨沙でも読み解けない。

何か悩んでいる。

その情報一つだけ、辛《かろ》うじて亜梨沙は握り締めた。

「何かあったの？」

『……』

否定がない。

つまりは言い難《にく》い何かがあったということ。

「大丈夫？」

『……ああ、大丈夫だ』

口を突《つ》いて出た問いには何の成果もなかった。

「何か私にできることがあったら言ってね？」

『ありがとう。でも大丈夫だ』

こちらを気遣《きづか》いながら、それでも頑《かたく》なな態度。

「うん……。じゃあ、私そろそろ切るわね」

『ああ、さようなら』

誠也の顔が黒に塗り潰《つぶ》される。

「……」

距離が縮まったと思っても、ふとした瞬間に感じる得体の知れない壁《かべ》。

その向こうには、あの視聴覚室《しちょうかく》の三人がいる。

三人が歩み寄ってくれるからその仲間に加えられているだけで、分かつ壁は亜梨沙の力では越えることができない。

――本当に大丈夫、だよね？

胸中で問いを投げても、跳《は》ね返って自問へと成り代わる。

いつまでも暗い画面を見続けているわけにもいかず、立てていたスマホをしまって準備を始める。

何かがあると悩み過ぎてしまうのは亜梨沙の悪い癖《くせ》だ。

だが長年付き合ってきた癖だからこそ、周囲に悟《さと》らせないことくらいはできる。それこそ日本では誠也に打ち明けるまで誰にも悩んでいることを悟らせなかったのだから。

「おはようお父様」

「おはよう亜梨沙」

朝のルーティンを淡々《たんたん》とこなす。

父の視線は新聞とテレビの間を行ったり来たりで忙《いそが》しい。

いつも通りの変わらない朝の光景だ。

窓からは澄《す》んだ陽光が訪問してきているが、亜梨沙の胸に落ちた影《かげ》はしつこくへばりついている。

父が亜梨沙の様子に気づいていなそうなのが救いではあった。

だいぶ打ち解けたといっても、無用な心配を掛けたくないのは今も変わらない。

それは昼休みに同席したクラスメイトに対しても同じだった。

「アリサ。あんたのカレについてくる悪い虫はどうなったのよ」

もっとも彼女には事情を聞き出されてしまっているために、心配を掛けないというのは難しい。今も言葉こそ強いが亜梨沙のことを慮っているのは事実だろう。

「悪い虫なんて言わないで。別にどうもなってないわ。あの娘《こ》はいい子だもの」

そのはずだ。

誠也を追ってきたとはいえ、見送りに来てくれた結衣を信じている。

空港までお弁当を持って来てくれた誠也を信じている。

見かけによらず世話焼きの創のことだって。

「だから、大丈夫、だもの……」

「……救いようのないお人好《ひとよ》しね」

クラスメイトは大人びた態度で肩《かた》を竦《すく》めた。

通話の後に送ったメッセージは、夜になっても返事が来ない。帰りの父が運転する車の中でスマホを覗《のぞ》いていた亜梨沙は静かに溜《た》め息《いき》を吐いた。

車に乗るなり父から誘《さそ》われた外食も、心を持ち直すには少し足りない。

既読《きどく》と表示されているから見てはいるのだと思うのだが。普段《ふだん》なら適当な理由で納得《なっとく》して流せることが、喉の奥の無視できない場所で引っ掛かる。

かんじんなことを何も知らない。

誠也からは与《あた》えられてばかりだった。亜梨沙からも何かを与えてあげたい。

そうは思っているが、気持ちを寄せ合うにはあまりにも物理的な距離が遠すぎた。

「さ、ついたよ」

父の声で目的地に着いたことを知った。

電気自動車は静かで揺《ゆ》れが少ない。

さすが父は環境《かんきょう》への意識も高いのだな。そう思っていたが、ある時聞いてみたら「いやぁ電気で走る車ってかっこいいじゃないか」と目をキラキラさせて言われた。自然に配慮《はいりょ》した結果ではないらしかった。

間近で見る父は、人だった。

当たり前の話だが、亜梨沙にとっては一つ一つの行動言動がとても衝撃的《しょうげきてき》だ。

マスメディア越しに見る父の姿は、スーツを着こなし、レッドカーペットを優雅《ゆうが》に歩き、パパラッチを笑わせるユーモアも持ち合わせる、完璧《かんぺき》を絵に描《か》いたような人物だった。

今もスーツで前を歩くその姿は頼《たの》もしく、尊敬の念は限りない。

それでも、すぐ手を伸《の》ばせば応えてくれそうなほど近くにある。

そんな父の背中を追い掛けてやってきたのは、看板の傾《かたむ》いた小さな料理屋だった。

いつもだったら、ドアマンに迎《むか》え入れられるようなレストランに入るのだが。

困惑しながら手押《てお》しの扉《とびら》を潜《くぐ》る。

「や、久しぶり」

「おう、おまえか。もう来ないかと思ってたよ。テレビじゃちょくちょく観《み》るけどな」

欧米《おうべい》系の店主と日本語で親しげなやり取りを交《か》わす父を横目に店内を見渡《みわた》した。

カウンターには背もたれのない丸椅子《いす》、テーブル席では突然《とつぜん》現れた有名人にぎょっとした顔をしている客が数人、壁に並べられた雑誌類や野球選手のポスターが飾《かざ》られた店内は雑多な印象を受ける。

店主の適当に座《すわ》れという言葉にテーブル席へ着く。注文は父のオススメがあるらしく、同じ物を頼んだ。

「驚《おどろ》いたかい？　いきなりこんなお店に連れて来られて」

こんなお店で悪かったな！　そんな声が厨房《ちゅうぼう》から響《ひび》く。

「えーと、正直に言うと、少しびっくりしたかも」

今まで連れて来られたレストランを加味すれば、庶民《しょみん》が立ち寄るような場所へ来るようなイメージは父にはなかった。彼は実に楽しそうな笑い声を上げた。

「じゃあ僕《ぼく》の目的は一つ、それも半分だけどとりあえずは達成かな」

「一つ？　まだあるの？」

亜梨沙が問いかけると、父は優《やさ》しい笑《え》みを浮《う》かべて頬杖《ほおづえ》をついた。

「何か悩《なや》み事《ごと》があるんだろ？」

唐突《とうとつ》な指摘《してき》に固まる。

「お父さんに話してみないか？」

黒い瞳が亜梨沙を見つめている。居《い》心地《ごこち》の悪いものではなく、見守るようなそれだ。

父に相談する。

言葉にしてみれば当たり前のことだ。だというのに、今の今まで亜梨沙の頭には露《つゆ》も浮かばなかった。それだけ彼女にとって、父と言う存在はかけ離れていたのだ。

「僕たちは家族だよ。母さんは先に遠くへ行ってしまったけどね。それでも三人だけのかけがえのない大切な家族だ。亜梨沙が悩んでいるなら、僕は何をしてでも協力したいと思う」

ただの一度も目を逸《そ》らさずに言い切られた言葉がどれほど救いになったか、目の前の父はわかっているだろうか。

「だから僕に少しだけでも打ち明けてみてくれないかな?」

凍《こご》えた体が温かなお湯に浸《つ》かるように、不安で眠《ねむ》れない夜に手を握ってもらうように、不安に揺れる亜梨沙を見つけて寄り添ってくれた。

「ねえ」

――やっぱり、私のお父様はすごい人だ。

誇《ほこ》らしい気持ちとともに口を開く。

この人なら受け止めてくれる。そんな安心感がある。

「へい、バーガーお待ち」

「ちょっと店長、今いいところだったんだけどなぁ!」

「お、そりゃ失礼、お詫《わ》びにポテトもつけたよ」

「なるほど、わかっててやったわけだ」

憤慨《ふんがい》する父の口《くち》の端《はし》は上がっていて、亜梨沙もつられて口元を隠《かく》す。

「ま、とりあえず食べながら話そうか」

大きなハンバーガーを頬張《ほおば》る父にならって、亜梨沙も小さな口で崩しにかかる。

肉とトマトのジャンクな旨味《うまみ》が口の奥にまで染《し》み渡《わた》る。チェーン店のそれとも違う味わいに、確かに父が通う意味も分かった気がした。

何口か齧《かじ》って口を拭《ふ》いてから改めて、話し始める。

「お父様は誰かを信じるって決めて、その人が怪《あや》しいことをしてたらどうする？」

「亜梨沙がたまに部屋で通話してる友達のことかな？　怪しいってどんな風に？」

「うーん……どんなって言われると難しいのだけど。私に何か隠してるんじゃないか、とか」

「それが亜梨沙は嫌なのかい？」

濁《にご》している部分をそのままに、丁寧《ていねい》に抱えている気持ちを聞き取りされていく。

「別に隠し事なんて誰にでもあると思うわ。私もその人のことを信じるって決めたし、あまり追及《ついきゅう》したくないの。だけど、たまたま少しだけ見えた部分が、その、私にとって都合が良くないことなんじゃないかって……そう考えると、少し怖《こわ》いの」

誠也に見え隠れする影はことごとくが女性との関わりでただならぬ間柄《あいだがら》に見える。彼が純粋《じゅんすい》な人間だと確信したからこそ付き合っているのに、その判断が正しかったのだろうかと揺らいでしまう。

彼には何かあると知った上で信じると決めた。疑うことなんてあってはならない。

ましてや一度試《ため》すようなことをして傷つけてしまったのだから、なおさらだ。

「うーん難しい問題だね」

顎《あご》に手をやり思考をまとめていた父が、ピンと人差し指を立てた。

「じゃあ、一つ質問しようか」

「ええ」

「一緒《いっしょ》に住んでみて、僕のことをどう思う?」

「え? ……え、と」

「ははは、ちょっと急すぎたかな?」

楽しそうに父はコーヒーを一口。

「実はね、亜梨沙と一緒に過ごしてみて、ちょっと思うところがあってね」

「思うところ?」

「ああ。……亜梨沙にとっての僕が、ちょっとかっこよすぎたかなって」

「……え? えーと、そうね」

ポテトをつまみながら突然そう宣《のたま》った父の姿は様になっていて、笑いどころなのかどうなのか、反応に迷って曖昧《あいまい》に笑みを浮かべた。

「あー違う、そんな自惚《うぬぼ》れとかじゃなくて! いや、それもあるかもしれないけど、そういうことが言いたいんじゃないんだ！」

亜梨沙に両手を振って否定する父の姿は、慌《あわ》てた時の自分によく似ていて親近感が湧《わ》く。

「自分の娘にはかっこいいと思ってもらいたいだろう？　なかなか会えないなら余計にね。そう思って頑張《がんば》ってきたけど……亜梨沙が僕と暮らすようになって過労で倒《たお》れたのを見て、間違《まちが》いに気づいたんだ」

「違うの、あれは私が――」

「いいや、僕の責任だよ」

自嘲する声は、しかし前を向いていて明るい。

「亜梨沙が尊敬してくれるのは嬉《うれ》しいけど、お互いに気を遣《つか》い過ぎるのはおかしいなって。僕がなりたいのはそんな関係じゃない。だから決めたんだ。僕たちがちゃんと家族でいるためにも、もっと気楽に自然でいようってね」

父がコテコテのパジャマ姿を見せ始めた、自分のことを私や俺ではなく僕と言い始めた。考えてみればいずれも亜梨沙が倒れた後からし始めたことだ。

「いやぁ、ドキドキだったよ。亜梨沙には僕のいいところばかり見せてきたからなぁ。でもきっと君ならこんな僕を見ても幻滅《げんめつ》しないって信じていたからね」

信じる。

「亜梨沙」

どこまでも優しく包み込むような目がこちらを見ている。

「誰かを信じるって決めたのはすごく素敵《すてき》なことだ。信じ抜くって言うのはかっこいいことだと思う。でもね」

誠也と似ているようで違う、力強く黒い瞳。

「そういうかっこをつけるのは大人になってからでいいんだ。……僕がそうさせてしまったのは百も承知だけど、それでも言わせてくれ」

必死に訴《うった》えようとする思いがその奥《おく》にある。

「亜梨沙はまだもう少し、子どもでいてもいいんだよ」

根底が優しく揺るがされる。

「僕たち大人ってのは、人にかっこ悪いところを見せられない子どもなんだ。責任とかしがらみとか見栄《みえ》とか、そんなものが積み重なってるだけでね。そういう部分を見せるのはびっくりするくらい勇気がいるようになる」

苦笑《くしょう》しているのは自身の過去を思い返しているからか。

「だからね、今の内にかっこ悪いことしたらいい。決めたことをやっぱり止《や》めてみたり、一時の感情で突っ走ってみたり、そんなことができるうちにやったらいいよ。……さあ、亜梨沙。誰の目も気にしなくていいとして、君のやりたいことは何だい？」

「やりたいこと……」

積み重なっているものを全部無視して、やりたいことを考えた時に浮かぶものが一つある。だが、散々背伸《せの》びをしてきた亜梨沙は、もう既《すで》にそれを言うことに抵抗を覚えてしまう。

その背を押《お》したのは、カウンター越しから声を掛けた店主だった。

「お嬢《じょう》ちゃん、言ってみなよ。ここにはあんたの父ちゃんと老いぼれしかいない。言うだけならタダだし、大した事じゃない。それだけでも案外スッキリするもんさ」

「おい、店長。家族の会話に入らないでくれよ！」

「おおそうか。悪いな。客があんたたちしかいなくなって暇《ひま》なんだよ。暇つぶ……詫びとしてポテト追加してやろうか？」

「もう食べられないよ……」

大人二人が時間を作ってくれている間に息を吸う。吐く。吸って、吐いて。声にする。

「……聞いてみたいの。全部信じるって決めたけど、どうしても気になってしまうから」

誠也のことをもっと知りたい。

そう言えば綺麗に聞こえるが、現実はそんなものじゃない。

「でも、そんなこと……言えないよぅ」

もっとドロドロとして、陰鬱《いんうつ》に耐《た》えかねて、自分で課した縛りを取り消しにしてくれと乞《こ》う、そんな情けない言葉だ。

指にたくさんの絆創膏《ばんそうこう》を貼《は》ってまで作ってくれたお弁当を受け取って、涙《なみだ》まで流して誠也のことを後悔《こうかい》してでも信じたいと決意したのに。

そこまでしておいて、本当の本当は彼《かれ》のことをこれっぽっちも信じてなどいなかったのではないか。矮小《わいしょう》な自分が見えるようで嫌《いや》になる。

雰囲気《ふんいき》に流されてしまっただけで、徒《いたずら》に彼らの関係を壊《こわ》してしまっただけではないか。

「亜梨沙。信じると盲信は同じじゃないんだよ」

そんな鬱々《うつうつ》とした気持ちを、父は明るく笑い飛ばした。

「疑うのは信じたいからだ。君の思う相手を信じたいなら、信じるに足る相手だと思うなら、素直《すなお》に聞いてみたらいい。その人が亜梨沙の思う通りの人なら、きっとその疑いに何かしらの答えをくれるはずだよ」

「いいのかな……聞いても、いいのかな」

「ああ、いいよ。だって亜梨沙が逆の立場だったとしたら、悶々《もんもん》とされるより全部話してほしいって思うだろ」

「……うん」

そうかもしれない。胸に落ちるものがある。

恐《おそ》らく誠也が抱えているものは普通《ふつう》とは違うのかもしれない。聞いてみた結果、亜梨沙の心が切り裂《さ》かれるような真実が現れるのかもしれない。

──でも、決めたじゃないか。

いつか後悔してでも、信じたいと思った。

父の言うことを真に受けるなら、誠也に疑問をぶつけることこそが信頼《しんらい》の証なら、その思いと矛盾《むじゅん》することなどない。

亜梨沙が彼の事情を受け止める覚悟《かくご》を持てば、それだけで前へと進める。

「やっぱり、お父様はすごいわ」

尊敬の念を新たにするとともに、どこまで父の背中は遠いのかと、半分諦《あきら》めの混じったため息を内心で吐く。問題は山積みで、悩み事は尽《つ》きない。

そんな亜梨沙の胸中を知ってか知らずか、父は顎を指でさすりながら唸《うな》った。

「ふぅむ。まだ亜梨沙は僕のことをかっこいいと思っているようだね。いいだろう、じゃあ僕もとことんまで行こうじゃないか」

ふぅ、と大きくため息を吐く。

大きく跳躍《ちょうやく》する前の溜めのように思えた。

そして――

「実はね、僕はピーマンが大の苦手なんだ！」

閑散《かんさん》とした店内に虚《むな》しく木霊《こだま》する。

「あんな苦い物を美味《おい》しいと言って食べる人の気持ちがわからない。ああ、思い出すだけで口の中が渋《しぶ》いよ……っ」

「……」

うぉお。オーバーに頭を抱える父の姿は情けない。とても。すごく。

「後は……そうだな、運動が苦手だ。亜梨沙に幻滅されたくなくて今までずっと隠してたけど、学生の頃《ころ》はピノキオが走ってるってバカにされたもんさ。だからどんな時も絶対走ったりしないで早歩きなんだよ。社会人で早歩きしてると仕事できそうな気がするしね。でも亜梨沙は勉強も運動もできるんだろ？　やっぱりお母さんに似たのかなぁ」

「えと、お母様は運動できたの？」

問いかけると、彼は眩《まぶ》しいくらいの笑みで答えた。

「ああそりゃもうすごかったよ！　すごかったし――とても綺麗だった。僕は母さんの走る姿に一目《ひとめ》惚《ぼ》れしたからね。僕は君のお母さんに見て欲《ほ》しかったからここまで頑張ってきたんだ。まあそれはまた今度話すとして……亜梨沙、君のお父さんなんて、そんなもんだよ。普段は見栄を張ってるだけで、完璧超人《かんぺきちょうじん》や聖人君子なんかじゃない」

朝はコテコテのパジャマを着て、ピーマンが苦手で、母にベタ惚《ぼ》れ。確かに、父のそんな姿は今まで想像もしてこなかった。それでも――

「お父様は、すごい人よ。私なんか足元にも及《およ》ばない」

その思いは揺らがない。今見た情けない姿も亜梨沙のためにさらしてくれたもので、人のために自身の価値を擲《なげう》てるところも美徳に見える。

「ううん手強《てごわ》いね。亜梨沙の中で僕がどんなイメージになってるのか、少し怖いなぁ」

「実際そうだもの。……私なんか一生かかっても娘として釣《つ》り合わない気がする」

口を尖《とが》らせて半分拗《す》ねたような恨《うら》み言《ごと》を漏《も》らす。

頑なな亜梨沙に父は眉《まゆ》を下げた。

「……よし。じゃあ僕がかっこいいのは認めようじゃないか。その代わり、少し意地悪な質問をしよう」

意地悪。言葉とは対照的にその表情は優しい。

「例えば不祥事《ふしょうじ》で僕が今の職を失ったとして、亜梨沙は僕を見捨ててしまうかな？」

「それは……」

ありえない。

真っ先に否定が浮かぶ。

父がどんな失敗をしようが、それだけはない。だって、大事な家族なのだから。

亜梨沙の脳内を読み取ったように父はゆっくりと頷《うなず》く。

「僕もね、亜梨沙が一番大事だよ」

「――」

「無理に追いつこうとかつり合おうとか考えなくてもいい。亜梨沙にできないことが僕にはできるかもしれないけど逆もある。それに、たとえどんな失敗をしても、何がなくても、何もできなかったとしても。それでも亜梨沙の全部が大事だよ」

全てを許容するその言葉。

「だから焦《あせ》らないで。君のしたいことをしてから、ゆっくり大人になったらいいよ」

屈託《くったく》のない笑みが亜梨沙だけに向けられている。

「――あぁ……そっか」

そしてようやく、染み入るように理解した。

才能に溢《あふ》れていて社会的に評価されている。

人気者でいつも誰かに囲まれている。

それは確かに眩しくて、すぐ目に入るもので、父を構成する要素ではある。

しかしそれは副産物でしかなくて、大事なのはそんな目に見えるようなものではない。

「ねえ――お父さん」

「ふふ、何だい？」

距離の近くなった呼び方で、嬉しそうに返事をする父へ。

――ちょっと悔《くや》しいから、仕返し。

「私、恋人《こいびと》ができたの」

「え……」

唐突な暴露《ばくろ》で引き攣《つ》った父の顔に、思わずしてやったりの含《ふく》み笑《わら》い。

「………………う、ま、まあ亜梨沙が選んだ相手なら、きっといい子なんだろうね」

「うん。すごく純粋な人」

あまりの衝撃《しょうげき》で少し情けない表情をしながらも、辛うじてそう言った父の姿こそ、亜梨沙は誇らしいと思う。

――私がなりたかったのは、きっと。

「ね、びっくりした？」

「それは……まあ。でも、きっといい子なんだろう？　僕も会ってみたいな」

「……ほんとは？」

「……いやぁー…………」

意地悪な笑みとともに聞いてみれば、父はキョトンとした後、観念したように大きなため息を吐いた。

「自分の娘に好きな子が、なんて聞きたくなかったー！　会いたくなーい！　まだ僕だけの亜梨沙でいてほしいよー！」

店内に悲哀《ひあい》の声が響き渡る。

「もう、ふふ……」

間違いなく心からの叫《さけ》びだろう。

ひとしきり大人げなく喚《わめ》いた後に、父は力の抜《ぬ》けた笑みを浮かべた。

「でもね、正直言うと何となくそんな気はしてたんだ」

「……そうなの？」

「ああ」

頷くと彼は揺るがない自信を瞳に覗《のぞ》かせる。

「だって亜梨沙のスマホを見る目が、僕と一緒にいた時の母さんとそっくりだったからね」

ウインクとともに父は悪戯っぽい笑みを返した。

「お父さん、またかっこつけてる」

「バレたか」

二人で顔を見合わせてまた笑う。

散々遠回りをして、ようやく帰ってきた。

何気ないやり取りの一つ一つに心が満たされる。陽だまりのような温かさがある。

ニコニコとご機嫌《きげん》な亜梨沙に、父はふと懐《ふところ》を探《さぐ》り始めた。

「じゃあ、そんな亜梨沙に渡したいものがあるんだ」

そう言って彼が取り出したのは――

第五章

『大丈夫《だいじょうぶ》か?』

結衣のスマホに創からメッセージが来ていた。

心当たりはある。

ここ数日、視聴覚室に顔を見せていなかったのが原因だろう。誠也からも今日は来ないのかと何回か連絡《れんらく》が来ていた。

誠也と顔を合わせたくなかった。

正確に言えば会いたくて仕方ないのは変わらないが、どんな顔をしたらいいのかわからないから会えない、が正しい。

先日の誠也との一件は、自分でも情緒《じょうちょ》が不安定だったと思わざるを得ない。右へ行ったり左へ行ったり行動に一貫性《いっかんせい》がなかった。いや、誠也に対する想《おも》いは一貫《いっかん》していたのだが、自身の立ち位置を決めかねていた結果があれだった。

だが、なし崩しとはいえそれも決まった。

誠也と亜梨沙を応援《おうえん》する。

もともと、その予定だったのだ。今さらになって睦《むつ》まじい二人の姿に未練が疼《うず》いて重心を移しきれずにいただけで。だが、もう終わりだ。

『大丈夫だ、問題ない』

昔流行《はや》ったらしいネットスラングで返信する。客に教えてもらったネタだ。

『そのネタわかんねえよ』

まだまだですね、と胸中で煽《あお》りながらスマホをしまう。

誠也との精神的な決別をした。もう一つしなければならないことがある。

ＳＨＲが終わるなりすぐに学校を出る。

バスを降りると雪が降り始めていた。朝から分厚い雲が空を覆《おお》っていたからそんな気はしていた。自宅へと歩を進める。

今日が最後になる。いつもは家が近くなるほど憂鬱《ゆううつ》になるこの道も、そう考えれば少しは感慨深《かんがいぶか》いものに見える気がした。

夕方、とも言えない時間帯だ。

天気のせいで薄暗《うすぐら》いとはいえ、自身の家の窓を窺ったただけでは中に母がいるかはわからない。

いつにも増して重くなる足を無理やり動かして帰宅する。

玄関《げんかん》の扉を開くと、暖房《だんぼう》の熱が白々しく結衣を包んだ。

「おかえり、早かったのね」

「……ただいま」

たったそれだけのやり取り。最後にしたのがいつか、記憶《きおく》にもない。

母はソファに寝転《ねころ》がってテレビを眺《なが》めている。

「ねえ、お母さん……」

返事はない。母の頬《ほお》にテレビの光が鈍《にぶ》く反射しているのを見ながら、結衣は肺から空気を捻《ひね》り出す。しかし、いざとなると言葉は出てこず、ため息だけが部屋に溶《と》けた。

「結衣」

沈黙《ちんもく》の帳《とばり》を破ったのは母だった。

「冷蔵庫のやつ、食べていいから」

疑問符《ぎもんふ》が浮かぶ。台所に目を走らせると弁当箱はない。外食で済ませて結衣の作った弁当を食べなかったということだろう。内心でまたため息を吐《つ》いて冷蔵庫を開く。

中には想像通り蓋《ふた》の空いた弁当が入っていた。

だが想定外だったことが二つ。

一つは中身が下手くそなおかずに置き換《か》わっていたこと。そしてもう一つ。

『結衣、いつもごめんね』

と書かれた付箋《ふせん》が側面に貼られていて──

そこまで認識《にんしき》して結衣は口を開く。

「お母さん」

「何？」

頭の中は荒《あ》れている。ただ一つ中心にある言葉を、使命感にも似た気持ちで口にした。

「私、ここ出てくから」

「……は？」

「もう戻《もど》ってこないから」

ようやく彼女《かのじょ》は結衣を見た。結衣にあまり似なかったきつめな印象を与える目と、結衣とそっくりの通った鼻梁《びりょう》。鏡越しでもなく、正しく真正面から見た母の顔。

「……何わけわかんないこと言ってんの？」

「わかるでしょ。ここ、出てくの」

足音荒《あら》く詰《つ》め寄ってきた。体が反射的に身構える。

「何勝手なこと言ってんの。できるわけないでしょ。あんたまだ子どもよ？」

「暮らす場所ならもう確保してる。お母さんの知らない場所」

「何バカなこと言ってんの。少し冷静に――」

「――わたしっ！」

声を張り上げて母の言葉を遮《さえぎ》った。

走馬灯のように思い出がぐるぐるしている。

楽しかった記憶はすぐ枯《か》れて、後はほとんど嫌な思い出ばかりだ。

「私、お母さんのこと好きになれなかった……！　頑張ったけど駄目《だめ》だった――っ」

もう遅《おそ》いのだ。

歩み寄ろうとしてくれたのに、許したいのに感情がそうさせてはくれなかった。

せめて、とばかりに笑う。懸命《けんめい》に、愚直《ぐちょく》に、それしか知らないから。

「男にばっかかまけてないで、もっと私を見てほしかったよ。大変なの知ってたから。お母さんは支えがないと駄目だってわかってたから我慢《がまん》してた。わかってたけど、辛《つら》かったよ。腹が立って仕方なかった」

恨み言にならないように、重荷にならないようにしたいのに、上手《うま》くいかない。

怨恨《えんこん》ばかりが大きく育ってしまっている。

「でもね」

しかし、それが全てではない。

「お母さんの気持ち、少しだけわかるようになっちゃったから」

好きな人ができた。

その人は何をしても結衣の傍《そば》にいてくれて助けてくれる。辛い時には泣いてもいいと言ってくれる。その人がいなければ自分はここまで耐えられなかっただろう。しかし決して自分の方を見ることはない。

そんな人を好きになった。

母を安易に否定できなくなってしまった。

どうあがいても血のつながった親子なのだと、似た者同士なのだと悟ってしまった。

「だからね、……私たち離《はな》れよう？　もう、お互《たが》い自由になろう？　私もあなたも、好きに生きるの。いいでしょ？」

「……結衣」

重々しく、母の口が開かれる。

罵声《ばせい》が飛ぶのか。乾《かわ》いた了承《りょうしょう》が返ってくるのか。いずれにしてもこのまま今の関係が続くことがないことだけは確かだ。そう決めたのだから。

過去の記憶が結衣の身を竦ませる。そして——

「……ごめんね」

噛《か》みしめた歯の奥から聞こえたのは、湿《しめ》った懺悔《ざんげ》だった。

「こんなことになるなら、半端《はんぱ》な情をかけてこんなことになるくらいなら、いっそちゃんと捨ててあげればよかった」

それは言葉どおりにとればあまりに残酷《ざんこく》な吐露《とろ》だ。だがそうではない。

初めて見る母の様子に結衣は息を呑《の》む。

「そうしたら今頃《いまごろ》あんたは裕福《ゆうふく》な家の養子になって、幸せになれてたのかもしれない。あんたが顔も知らない私にざまあみろって笑えたかもしれないのに。あんたにちゃんと憎《にく》まれてやれれば……私が、あんたの母親でいたいって意地張らなければ今頃、今頃……」

俯《うつむ》き、縮こめた肩が震《ふる》えている。

「借金の話だって、あんたは私に愛想《あいそ》尽《つ》かして逃《に》げると思ったのに……。私が中途半端《ちゅうとはんぱ》なことしなければ、こんなことには――っ」

弱い人がいる。

それを努力不足だと言う人がいる。

甘《あま》えるなという人がいる。

「……もう、いいの」

どこまでが不足で、何が甘えなのだろう。

結衣にはその線引きがわからない。

「……お母さんは頑張ったよ」

母親になるということがどういうものなのか、まだ結衣にはわからない。

だが、弱っている者ならば見てきた。弱るのには必ず理由があることなら知っていた。

「十分頑張ってくれたって、わかったから」

足を骨折した人がいたとして、その人に走れと言うのは適切だろうか。そのくらいで折れるなんておかしいと責め立てるのは正しいだろうか。

母親になるなんて、誰《だれ》かの命を背負うなんて、誰もが経験するからと当たり前に、普通にできると決めつけていいのだろうか。覚悟を決めれば誰もができるようなことだろうか。

だからといって子どもに辛く当たっていい理由にはならない。

その通りだろう。産まれた子どもに罪はないのだから。

しかしその傍観者《ぼうかんしゃ》の正論が、どれだけ母親という重圧を軽くしてくれるだろうか。

必要なのは、苦悩《くのう》を理解して寄り添《そ》ってくれる身近な誰かだというのに。

「……大体、勝手にダメなんて決めないでよ。私の人生だって捨てたもんじゃないんだよ？」

愛そうと母なりに努力してくれた。

捨てないでいてくれたから誠也と会えた。

ママと会えた。

創と会えた。

亜梨沙と会えた。

理性の堤防《ていぼう》を憎しみが越《こ》えてこないよう、許す理由を積み重ねる。

――私には頼《たよ》れる人たちがいる。

しかし、目の前で泣いている母には頼れる人なんていなかった。

伴侶《はんりょ》もおらず、親族も切れ、友人も離れ、職場の上司も、同期も後輩《こうはい》も踏《ふ》み込《こ》ませる勇気はなく、縋《すが》りたい相手は自分を見てくれない。なのに一人では何もできない小さな命を背負い続けていかなければならない。そんな母の孤独《こどく》がようやく見えるようになってきたから。

「だから……もういいの」

証明するように笑う。

普通であろうとするから辛い。

ならばそこから外れようと、何が一番適切かを考えてそのとおりにしたらいい。

全員が弱っている人を受け止める余裕《よゆう》があるわけではない。

だから、少しでも余裕のある人が受け止めてやればいい。我慢できる者がしてやればいい。

「私は大丈夫だから」

誠也にもらった『大丈夫』を母に分け与《あた》える。真っすぐ前を向いて、隣《となり》なんて見ないで、歩幅《ほはば》なんて気にしないで、後ろめたさなんて抱《かか》えないで、両手で自分の好きな人を抱《だ》きしめて。自分のことだけ考えて。それでさ、いつか余裕ができたら、また会おう?」

たまたま結衣の方が少し余裕を持っていただけ。ただそれだけの話だ。

「――ごめん。ごめんね……っ」

大人なのに、情けない。

そんな自責がきっと母を襲《おそ》っている。

「ごめん、ごめんなさい……っ、私が悪かったの。わたし、よく考えもしないで簡単に信じたりしなければ……っ」

なりたくてなるわけでもないのに、ある日突然《とつぜん》着させられるその称号《しょうごう》は、日常のあらゆる場面で否応《いやおう》なく急《せ》かし、責め立て、自覚を促《うなが》す。

大人なんだから、と。

「わたしが、よわかったから――っ」

成人すれば大人になる。

子どもが産まれれば母になる。

言葉にしてしまえばこんなに当たり前で簡単なのに。

十分準備期間はあっただろう。正論を言われてしまえばそれまでだが。

娘《むすめ》に借金を返させる身勝手な親。事実を言ってしまえばそれだけだが。

「大丈夫だよ。大丈夫だから」

テレビの中からひょうきんな地方局のアナウンサーが、こんな結末嫌だと必死に賑《にぎ》やかし抵抗《ていこう》している。そんな彼に結衣は内心で首を振《ふ》った。

ようやく、二人のあるべき距離《きょり》を見つけることができた。たとえ万人《ばんにん》に理解されなくても、自分たちにとってはこれが一番なのだ。

蹲《うずくま》る母に寄り添い背中をそっと撫《な》でる。

それは、親子が交《か》わす最後のスキンシップだった。

ショートブーツで足跡《あしあと》を残しながら雪降る中を一人歩く。

今日じゃなくてもと引き止めようとする母に、気まずいでしょと笑って家を出た。

持ち出した荷物はそんなに多くはない。

背負っているバックパックと学校指定のカバンの二つだけ。そのいずれも余裕がある程度にしか中身は入っていない。

今まで少しずつ、ママの店にある自分の部屋へ運んでいた成果だった。

舞《ま》い落ちる雪は大粒《おおつぶ》で、重い荷物を引きずっていたら朝には雪像になっているところだ。

こんな日を選んで活動する変質者がいるとも思えないが、とはいえあまり夜に出歩くのはいろいろな面で危険だろう。

結衣の家は少し街から外れたところに建っている都合上、どこかに一時避難《ひなん》するにも少し距離があった。とはいえ、もう少しすればファミレスやコンビニがある場所に出る。

ふと後ろを見れば、点々と続いている足跡は白斑《はくはん》の闇《やみ》の中へと消えている。もう少なくとも当分は母の顔を見ることはないだろう。

スッキリ、というわけでもない。恨みは多くともそれだけではなかったのだから。かといって後悔ばかり、というわけでもない。

ただ終わったのだなという実感と、形容のしがたい感情がある。

そこに至って誠也のことを思い出し、ようやく合点《がてん》がいった。

初対面の頃、母親についてこき下ろした結衣を彼は否定し、自身の母をかばった。こんなひどいことをされて何故《なぜ》、と思ったが今なら少しだけその気持ちがわかる気がした。

確かに恨みはある。もっとまともな人だったらという気持ちもある。

だがその一方で何も知らない誰かに、安易にひどい母親だと評されることが腹立たしいと思うのもまた事実だった。母なりの苦悩を知っているだけに、他の誰かと一緒くたにされるのはとても納得《なっとく》しがたいのだ。距離を置いた今だから言えるという部分もあるが。

――ままならないですね。

完全無欠の選択肢《せんたくし》など、現実にはほとんどない。

今さら考えても仕方ない。後悔なんてない。そう言い聞かせて錯覚《さっかく》することはできるが。

それがわかっているからこそ、結衣の人生において大きな二つを手放した。

収まっていたその二つの場所に代わる何かは、果たしてこれから見つかるのだろうか。

今はとてもじゃないが、割り切れるものではないけれども。

「あれ」

「え？」

ふと男の声が聞こえて振り返る。

そこにいたのは――

「結衣ちゃん？」

「峰岸さん？」

「家近かったのな」

二人でファミレスへと避難し、暖かい飲み物を注文して巧は開口一番そう言った。

「そうみたいですね」

「なんでこんな時間に出歩いてたん？」

「人生の旅路に出たってとこでしょうか」

「家出でもした？」

「……ほんと、妙《みょう》なとこで鋭《するど》いですよね」

「へっへ。まあな」

軽薄《けいはく》な笑《え》みを浮《う》かべる。

「喧嘩《けんか》したんか」

「残念、円満家出ですよ」

「いやおかしいおかしい」

巧が眼前で大仰《おおぎょう》に手を振る。やはり彼との会話はテンポがよく合って心地《ここち》よい。

ふと巧が真面目な顔をした。

「……なぁ、行くとこないならうち来てもいいけど？」

下心、というわけではないらしい。だが結衣は首を横に振った。

「お気持ちだけ受け取っておきますね。とりあえずのお世話になるあてはあるので」

「……キモコンソメのとこか？」

唇《くちびる》をほとんど動かさずに言った内容に、再び首を振る。

「いいえ、違《ちが》います。あとその呼び方止めてください。怒《おこ》りますよ」

「へ〜結衣ちゃんが怒るところ見てみてぇ〜」

やけに嬉《うれ》しそうな彼の浮《うわ》ついたテンションは先程《さきほど》とは似て非なるものだ。

はしゃぐ巧には応えず、届いたホットココアに口をつける。

「わり、調子ん乗った」

素直な反省の言葉に結衣は内心目を丸くした。

「何かあったんですか？」

「いや、別に……」

口ごもるその姿に、結衣もまた口を閉ざした。彼の姿に既視感《きしかん》を覚える。

一瞬《いっしゅん》考えてすぐに思い至った。

椎名が何か自分の意見を主張しようとするときに似ていたのだ。

「あの、さ」

歯に物が挟《はさ》まったような口調で、巧が言った。

「俺《おれ》、今まで結構な数の女の子と付き合ってきたんだよ」

「自慢《じまん》ですか」

「いや、まあ聞けよ。それってさ、俺ん中で結構逃《に》げ場《ば》を探してたとこあってさ。嫌だったんだよ、今の状況《じようきよう》が」

スプーンでコーヒーをぐるぐると回しながら独白する。その目はテーブルの一点をじっと見つめている。

「散々持ち上げられて調子乗って今のガッコ入ったのに、テストとか全然真ん中行けばいい方なんだよ。よく考えりゃ頭いい奴《やつ》ばっかだから当然なんだけどよ。それでムカついて一週間くらいサボったらもう駄目だった。なんかいろいわかんなくなっちまって、折れた」

自嘲《じちよう》する顔には後悔の色が濃《こ》く混ざっている。

「俺、本当は中学の時何も勉強してない振《ふ》りして、ホントはめっちゃ家で勉強してたんだ。それで天才なんて言われて気持ちよくなってた。そんなんだったから無理して入ったここじゃ全然通用しないのすぐわかんだけどな。バカだったんだよ、俺」

懺悔をするようなその目は疲《つか》れ果てた老人のようだった。

「それでも俺なりに頑《がん》張《ば》ってたんだよ。尊敬されてーってバカみてえな理由だけどさ、頑張ってたんだ。だから、結衣ちゃんが俺の努力を認めてくれた時、ホントに嬉しかったんだよ」

生気が戻ってくる。歳《とし》相応の、しかしいつもの軽薄さはなく、誠実な若者然としている。

「自分でも気づいてなかったけど、誰かに認めて欲しかったんだなってわかったんだ」

力強く、巧の瞳《ひとみ》が結衣を見つめる。そして——

「結衣ちゃん、好きだ」

彼は言った。

「絶対、後悔させないって約束する。だから俺と付き合ってくんねーか」

「……峰岸さんはこういうのもっとタイミングを見計らって言ってくると思ってました」

「ホントはそうしてーけど。うかうかしてっとキ——他の奴に取られちまうからな」

「本気、ですか？」

浮ついた言い回しの下には燃《も》え盛《さか》る情熱がある。本当は聞くまでもなくわかっている。

「俺の人生史上一番本気。最悪友達から、でも可」

「もう友達じゃないですか」

「――……そっか。じゃ、今のなし。友達より一個上からでも可、にする」

口《くち》の端《はし》が崩《くず》れかけた巧を眺めながら、ココアを一口含む。

優《やさ》しい甘さが口腔《こうこう》に広がった。

巧との未来を想像してみる。

きっと、楽しいだろう。お互いに軽口を言いながら、あるいは意味もなく挑発《ちょうはつ》し合いながら、毎週いろんなところへ遊びに行くのはきっと楽しい。ダーツをしたり、映画を観《み》たり、スポーツをしてみたり。そんな数々の想像はどれも魅力的《みりょくてき》だ。

「……峰岸さん。あなたを傷つけませんって約束したの、破っちゃいますね」

――でも。

そう。

でも、と想像の最後にはいずれも反証がついてくる。

これが誠也だったら、と考えてしまうのだ。

返答は決まっている。その道筋は何度も通ったせいで踏み固《かた》められていて淀《よど》みない。そのことを少し申し訳ないと思いながら、口を開く。

「ごめんなさい、あなたの気持ちには応《こた》えられないです。私には好きな人がいますから。

……きっと、ずっと、好きな人が」

「……でも、あいつと結衣ちゃんが付き合うことはないんじゃねえの？」

頷く。

「ないでしょうね」

「それでも好きなん？」

「はい。今は他の誰も見えないくらい好きですよ」

諦めたからこそ冗談《じょうだん》交じりではなく、真剣《しんけん》な顔で言えるのはどんな皮肉だろうか。

結衣の表情を見て、巧は少し驚《おどろ》いたような、何かを飲《の》み込んだような顔をした。

そして「そっかー」と返した。

「……まあ仕方ねえよな。焦ってもこうなるってのは予想してたんよ。でも、こんな大雪の日に結衣ちゃんのこと考えてたら、本人とばったり出会うなんてさ、流れあると思うじゃん？　運命感じちゃうじゃん。……なんか弱ってるし、いけっかなって思うじゃん？」

軽薄なセリフを並べて、もう一度「そっかー」と呟《つぶや》く。

そして宙を仰《あお》いだ。

「……ま、これは約束破ったうちに入んねーよ、ノーカン。勝手に俺が盛り上がって突《つ》っ込んで砕《くだ》けただけだかんな」

口を開いては閉じ、それを何度も繰《く》り返した後、巧は盛大《せいだい》な溜《た》め息《いき》を吐いてどっかりと背をもたれた。

「は～～～ぁあっ！　フラれちった～！　俺史上一番へこむ～」

「残念でしたね」

「おまえが言うなっつうの」

「まあ結果的にはそうなりましたね？」

「……意味わかんね」

張っていた空気が霧散《むさん》して、軽口をいくつか交差させる。

「……なぁ、せっかくだからキスだけさせてくんね？」

「清々《すがすが》しいほどゲスですね」

はぁ、と結衣は溜め息を吐く。

「……いいですけど、それなりのお金はもらいますよ？」

「いいのかよ。てか金取んのかよ。え、つかパパ活してるって噂《うわさ》、やっぱ本当なん？」

「ご想像にお任せします。で、どうします？」

巧がジトっとした目をした。その目には期待と欲望も同時に孕《はら》んでいる。

そして――

「……いや、やっぱいいや。なんかそれやっちまったら本当にもう駄目な気がする」

「あら、そうですか」

首を横に振った巧に笑みを浮かべた。

予想どおりと言わんばかりの結衣に巧は不貞腐《ふてくさ》れたように眉を顰《ひそ》めた。

「ちなみにこれが愛《いと》しの先輩《せんぱい》に言われてたら何て答えたん？」

「全部言い切る前に押《お》し倒《たお》しますね！　それはもうこちらから情熱的なべーずぇを献上《けんじょう》します！　代金は体で払《はら》います！」

鼻息荒く返してみれば、巧は今度こそ脱力《だつりょく》した。

「ったくよ～、牧誠也はどうなってんだよ。変人のくせに結衣ちゃん侍《はべ》らすとか～」

「非常に不本意ながら侍らされてないです。仕方ないですよ。先輩は世界中の魅力的な男の人を集めた煮凝《にこご》りのような人ですから」

「なんか汗臭《あせくさ》そー」

「先輩の魅力《みりょく》に気づいてるのが私以外には朝比奈さんだけなんて、うちの高校の女子は見る目ないです」

「……あっそ」

亜梨沙の名前が出た途端《とたん》、巧は苦い顔をした。

「なぁ……朝比奈と連絡取ってるんだろ？　俺のことなんか言ってた？」

ポツリと聞いてくる。

「いいえ、何も。峰岸さんが謝《あやま》りたそうにしてたって言いましょうか？」

「はあぁっ？　別にどうでもいいし、あんな性格ブ――、……別にいいし」

ニヤニヤと問えば巧は過剰《かじょう》に反応する。それでも後半は自分を取り戻して自重した。

「大丈夫です。あの人は優しい人ですから、もう気にしてないですよ」

そう言えば正面の彼《かれ》はぶすっとした。

「……ホント、何で牧誠也ばっか」

「なんででしょうね」

結衣は困ったように笑う。

環境《かんきょう》が特殊《とくしゅ》だった。普通《ふつう》ではいられなかった。理由を並べようと思えばいくらでもできるが、結局はたまたま出会ったのが誠也だった。それだけなのだろう。

「なぁ」

結衣を見ていた巧が拗《す》ねたような顔を引き締《し》める。

「前に話したろ、自分は恵《めぐ》まれてる方だとか気にしてたら世界で一番不幸な奴しか悲しめないって話」

「……ええ、しましたね」

「それ、結衣ちゃんだって同じじゃね？　なんか自分だけは例外だとか思ってねえ？　みんな『自分はこんだけ頑張ったんだからいいだろ』って好き勝手してるのに、結衣ちゃんだってそれでいいって言ってんのに、何で自分は我慢しちゃってんの？」

「……それは……」

ぐさりと刺《さ》されて二の句が継《つ》げない。

「言っとくけどさぁ！」

突然《とつぜん》巧が声量を上げた。

「勉強できなくても、俺みたいに性格悪くても、別にいいのかもしんねえけど……自分が言ってることも守れないのは、ホントのバカだから」

「……心に留《と》めておきます」

取り繕《つくろ》う笑みを引っ込めて真摯《しんし》に受け止める。

「ん、それでよし」

満足そうに頷《うなず》く巧に苦笑《くしよう》する。

「峰岸さん、今日はありがとうございます。おかげで私も踏ん切りがつきました」

「踏ん切り？」

「ええ、いろいろとあるんですよ、私にも」

「あ、そ」

興味のない振りをしてくれる巧に内心で感謝する。

決断してもなお割り切れないことがあった。捨てるにはあまりに大きすぎて諦《あきら》めきれなかったことがたくさんあった。だが巧のことを見ているとそれでいいような気がした。

「もし気が変わったら、いつでも俺んとこ来いよ。あいつを忘れろなんて言わねえし、とりあえずは二番目でも我慢してやるからさ」

「そうですね、考えておきます」

「それ絶対ダメなやつじゃん」

カラカラと笑う巧に釣《つ》られて結衣も笑う。

つい先ほど結衣にフラれたとは思えないほどに彼の顔は晴れやかだ。

自分勝手な私でも何かを与えることができたのだろうか。そう考えれば、少しだけ結衣の心は救われた気がした。

◇　◇　◇

何かあったと察するのは、創にとってあまりにも簡単なことだった。何かにつけて先輩《せんぱい》先輩と騒《さわ》ぐ後輩は、誠也のことになると嘘《うそ》が下手になるからだ。

だから放課後、結衣のいない視聴覚室《しちょうかく》で創は問いかけた。

「おまえ、結衣と何かあったろ」

夏にもこんなことがあったな、と思い出す。あの時は誠也と亜梨沙だった。

「あった」

誠也も無駄《むだ》を省いた返答を寄こす。

「俺の朝比奈さんを好きだと言う気持ちは、母さんの代わりなのではないかと言われた」

「……それでおまえは何て言った？」

「何も。そうしたら結衣に自信を持って恋人《こいびと》としてだと答えなければだめだと言われた」

誠也の回答は真っすぐなだけに側面が見えづらい。だが、誠也と結衣の関係を見てきた創にはある程度察するものがある。何より結衣の問いは、創も薄々《うすうす》感じていたことだった。

「で？　実際のとこ、朝比奈のことはどう思ってんだよ」

「……わからない」

創が問うと誠也は俯いた。

「好きは、好きではないのか。一緒《いっしょ》にいたいと、会いたいと思ったのなら、それは好きではないのか？」

確かに彼の言っていることは間違《まちが》いではない。だが正解かと言われればそれは違う。

彼が言っているのは子どもの扱《あつか》うような好きで、高校生のそれとしてはあまりに幼い。

まるでショーケース越《ご》しに『好き』を眺めてこうではないかと論じているような歪《いびつ》さだ。

「俺は、また何か間違えただろうか」

縋るような問いが向けられる。

「誠也。――おまえ、逃げたろ」

対する創の、抑《おさ》えた声音《こわね》が部屋の温度を下げた。

「逃げた？」

茫洋《ぼうよう》とした誠也の問いにキッと睨《にら》みつけた。

「ああそうだ。結衣がいて、朝比奈とも毎日やり取りができる今がちょうどいいから、逃げたんだろ」

「そんな、ことは――」

否定しようとする誠也を無視して続ける。

「別によ、俺ぁどっちを選んでも何も言う気はなかった。母親の代わりだったって認めて
朝比奈との関係を見直そうが、結衣にキッパリ別れを告げようが、おまえが決めた道なら

どっちでもよかったんだよ。だから黙《だま》って見てた……それが、何も言えなかった、だ？」

失望、とは少し違う。傷ついた誠也の心は未《ま》だ未熟で、仕方ない面もあるのだから。

「おまえは、〝言わなかった〟んだ。自分で関係を断《た》ち切るのが怖《こわ》くて、自分を慕《した》う後輩に甘えて、全部押しつけて、そこまで言わせやがったんだろ……！」

だから、強《し》いて言うならこれは義憤《ぎふん》だった。口調は激しく、しかしどこか冷静に見ている。

少なくない時間、結衣のことを見てきた。誠也と比べれば大した時間ではないが、それでも確実に、彼女の中で大切にしているものを掬《すく》い取れるくらいには共にいた。

だから、創は叱《しか》らなければならなかった。

「おまえ、そん時の結衣の気持ち考えたのかよ！」

見てみぬ振りをされるなど、彼女の想《おも》いがあまりにも報《むく》われない。

「せめてしっかりおまえの口から――」

「――創に、何がわかる」

ポツリ。

消え入りそうな声で誠也は呟いた。

「あ？」

「ずっと見ていない振りをしていた創にわかるはずがない。俺のことも、結衣のことも」

「……」

「今さらになって……知った風なことを言うな」

創に向けられている黒い瞳には悶《もだ》えるような苦悩が透《す》けている。

「初めて会った結衣はもっと気が強かった。誰にでも自分の気持ちをぶつけることができる強い娘だった。……そんな結衣が、俺のせいで泣いたんだ」

項垂《うなだ》れるように肘《ひじ》をついて頭を押さえる。

「俺が結衣の大事なものを、いろんなものを奪《うば》ってしまったから。俺が結衣に取り返しのつかない傷を与えてしまった。……でも結衣は優しいから。俺が気にしないように気遣《きづか》ってくれている。ただそれだけだ」

夜中に降りしきる雪のように静かな声で。その顔は、目は新雪のように平坦《へいたん》で。全て覆《おお》い隠《かく》しながら、それでも下にあるものの輪郭《りんかく》が浮かび上がる。

「……おい」

創の唇が震える。

「それ、本気で言ってんのか？」

叱るなどと、そんな背伸《せの》びをした考えはどこかへ飛んでいた。

「本気で、あいつが、ただの職場の先輩への気遣いってだけで、ああいう態度なんだって、本気で信じてんのかって聞いてんだよ！　答えろこの野郎《やろう》――ッ」

掴《つか》みかかる。いつも抑えてくれる後輩はここにはいない。

「そりゃおまえらの事情なんて知らねえよ。おまえの言うとおり俺は情けねえことにずっとおまえのことを見ねえ振りしてたから。今だっておまえがそんなクソみてえな考え持ってたことも気づかなかった。……でもわかることだってあんだよ」

苦しそうに誠也が呻《うめ》く。それは体の反応だけではないはずだった。

「今まで、おまえと結衣と、どんだけ一緒にいたと思ってやがる！　おまえらすぐ俺を置いてけぼりで二人の世界作りやがって、どんだけ気まずかったと思ってんだよ。おまえがいない間にどれだけ俺がおまえのノロケ話聞かされたと思ってんだよ。……おまえが朝比奈を追い掛《か》けて空港行ったとき、結衣がどんだけ辛そうにしてたと思ってんだよ！　……それが全部ただ気を遣《つか》ってただけ？」

体を揺《ゆ》する。

誠也の考えが変わりやしないかと、彼に巣くう性質《たち》の悪い妄想《もうそう》が消えやしないかと。

「おまえが結衣に何したのか知らねえけど……罪悪感に酔《よ》ってんじゃねえ」

逃げようとする視線に食《く》らいつくように、創は真正面から向き合い続ける。

「上《う》っ面《つら》の言葉ばっか信じてんじゃねえ！　てめえの耳は、目は、頭は何のためについてんだ。あいつの気持ちに気づかねえわけねえだろ！　てめえは結衣から逃げたんだ。こんな俺が誰かに好かれるわけがねえ、そんなはずねえ、信じられねえって自分の都合で作った独りよがりの妄想ばっか見て不幸面して、裏切られないようにって自分勝手に結衣の気持ち見ねえ振りして！」

「……結衣はいい娘だ。俺が好かれる理由なんて……ない」

なおも視線から逃げ続ける誠也に、創は締め上げていた手を乱暴に下ろした。

「自分を信じられねえ奴なんか、誰のことも信じられねえよ」

吐《は》き捨てる。

言葉の刃《やいば》は、振るう創自身の過去をも苛《さいな》む。それでも。

「結衣の気持ちを受け入れろとは言わねえ。おまえにはもう朝比奈がいんだから。でもよ、せめてあいつの気持ちを信じてやれ。そうしねえと……誰も浮かばれねえだろ」

「だが、俺が結衣に与えられるものなんてない」

「それを決めるのはおまえじゃねえ」

「……」

立ち尽《つ》くし、黙りこくった誠也を置いて創はカバンを引っ掴む。

「……どうにかしてやれよ。結衣から散々聞かされてるぞ。おまえ、結衣の大切で最愛で自慢で大好きで愛しの大事な掛けがえのない先輩なんだろうが」

言い残して視聴覚室を後にする。

冷え切った廊下《ろうか》は熱くなった頭をすぐ冷静にさせた。

実際問題、誠也の陥《おちい》っている状況は少し彼には荷が重い。そう考えると、創が叩《たた》きつけた言葉たちは酷《こく》なものばかりで、発破をかけたつもりで却《かえ》って彼を追い詰《つ》めてはいないだろうかと心配になる。

吐いた言葉は飲み込めない。当たり前のことだ。

今回は亜梨沙の時のように結衣のアシストはない。誰よりも誠也を理解している少女は今、ある意味で一番彼から遠いところにいる。

「あーくそっ」

頭をかきむしる。なかなか上手《うま》くいかない。冷静でいようとしていたのに、結局夏の焼き増しになってしまった。

明確に誰かが悪いわけではない。安易な悪者に責任の全てを押しつけることなどできない。いつだって人のつながりは複雑で、ふとした行き違いで絡《から》まってしまう。

「おい手塚ぁ！」

聞き覚えのある声が背中越しにかかった。苦手意識が先にビクリと体を震わせて、その声の主を理解する。

「……武田」

——なんだってこんな時に。

顔をしかめていた武田は創の顔を見て眉間《みけん》の皺《しわ》を均《なら》した。

「なんだ。今日はやけに元気ないな」

「別に何でも——」

「牧と喧嘩でもしたか」

「……」

視聴覚室での一幕を見ていたわけでもないだろうが図星を正確に撃《う》ち抜《ぬ》いた。創の態度で武田も正解であることを察したらしい。

「なんだ、本当にそうなのか」

ボウズにした頭をかくと「ついてこい」と創の腕《うで》を掴んだ。

「おい、今日は勘弁《かんべん》してくれって。今そんな気分じゃ——」

「生徒の顔色なんざいちいち窺《うかが》ってたら生徒指導なんてやってられんわ」

ごもっともな言葉と強引《ごういん》な連行に、創は悪態を吐きながらもついて行くしかなかった。

やってきた生徒指導室はぎっしり本が収まった棚《たな》と二つつなげた長テーブル、パイプ椅《い》子《す》というシンプルな構成だった。何度と呼び出された創にとっては見慣れた光景だ。

「まあ座《すわ》れ」

武田は暖房《だんぼう》を点《つ》けると棚に置いてあるポットで茶を入れ始めた。指示通りに腰掛《こしか》けたパイプ椅子は固く、冷たい。

「俺にわかるように伝えようとしなくていい。今考えてること、全部口に出してみろ」

「……なんでだよ」

「いいからやってみろ。そしたらすぐ帰してやる」

背中を向けたまま言ったそれは武田なりの気遣いなのだろう。

いつもと違う彼の様子に戸惑《とまど》いながら、そうしないと帰れないのだろうと創は口を開く。

抱えているものの捌《は》け口《ぐち》を求めていたというのもあった。

「……久しぶりに喧嘩したんだよ。喧嘩ってこええのな。久しぶりだったから忘れてた」

激情が燃え尽きてしまえば何かを失ってしまうかもという不安だけが燻《くすぶ》る。

誠也が変わってしまってから、一方的に言い募《つの》ることはあっても喧嘩と呼べるようなものはなくなった。物事に頓着《とんちゃく》しない彼はすぐに謝罪して、いつも創が一方的に言い募るだけで終わってしまうからだ。

だが今回は珍《めずら》しく、本当に珍しく誠也が噛《か》みついてきた。

彼の心が回復傾向《けいこう》にあると喜ぶべきなのかもしれないが。

「俺が変なこと言ったせいであいつらに何かあったら、どうしたらいいんだろな」

誠也の行動は突拍子《とっぴょうし》もなくて予測がつかない。

亜梨沙の時はまだよかった。

彼が自分の気持ちを伝えるだけでよかった。亜梨沙からすれば勝手な話だが、その結果彼女《かのじょ》と交際しようとしまいとそれは副産物だったのだ。

だが、今回は違う。

下手をすれば結衣という、誠也にとって代替《だいたい》のない理解者を失うことになる。創にとってもそれは同じだ。よき友がいなくなる。

「余計なことしてたんじゃねえかって、間違ったんじゃねえかって、それが怖ぇ」

切っ掛けを自分が作ってしまったのではないか。そのことに悩《なや》んでいた誠也を不躾《ぶしつけ》に突っついて崩してしまったのではないか。そんな可能性が怖い。

独白を聞いていた武田が二人分の茶を机に置いて創の正面に座った。

一口啜《すす》り、ため息を吐く。

「……おまえたちは、本当に手のかかる生徒だな」

「……悪かったな」

ぶすくれながら、創も茶に口をつける。

「おまえは悪目立ちばかりする。牧は何度言ってもちゃんとした飯を食わんし、妙な言葉選びが直らん。それでも最近ようやくマシになってきたようだが……まあガキの頃《ころ》なんて大人の言うことは全部小言に聞こえるもんだからな。俺もそうだった」

穏《おだ》やかに過去を懐《なつ》かしむその姿に、いつもの威圧的《いあってき》な雰囲気《ふんいき》はない。

「俺がガキの頃は鉄拳《てっけん》制裁なんて当たり前だった。俺もヤンチャだったからその度《たび》怒鳴《どな》り合ったりもした。でもな、今考えるとあのゲンコツから、言葉じゃわからん、目にも見えん、そんなもんをもらってた気がすんだよ」

だから教師になったんだ。そう、武田は短い想起を結ぶ。

「だが今じゃ体罰《たいばつ》は絶対禁止だ。当たり前だな。躾《しつけ》と虐待《ぎゃくたい》の区別は難しい。そもそも躾に痛みは必要ないのかもしれん。いずれにせよ、もうじき俺のような古いやり方の人間は糾《きゅう》弾《だん》されていなくなる。今まで正しいと、尊敬とともに信じていたものが呆気《あっけ》なく否定されるのは物悲しいが、きっといいことなんだろうな」

大きな自分の握《にぎ》りこぶしを見つめる。

「手塚は、俺が怖いか？」

「怖いっつーか、できれば関わりたくねえよ。髪染《かみそ》めろってうるせえし」

「そうだろうな。……手塚、俺がおまえに髪の色を変えろと何度も言うのは何故だと思う？」

「……校則だから」

「ああそうだ。手塚、おまえは自分で望んでここへ来た。ならここのルールに従うのは当然のことだ。呼んだわけでもないのに勝手に入ってきて俺の自由を奪うな、なんて主張はとんだお門違《かどちが》いだ。社会に出たらそんなわがままは通用しない。少なくとも俺はそう思っている」

ぐうの音も出ない正論だ。創自身も言われるまでもなくそれを理解していた。

それでも創はそのわがままを捨てることはできない。

なぜならこれは誓《ちか》いだからだ。

創が自身に、そして誠也の母に立てた誓い。

軽々と止《や》めたりできるものではない。だがそれを赤の他人に理解を求めるのも筋違《すじちが》いだというのもわかっている。だからこそ中途半端《ちゅうとはんぱ》な立ち位置で軋轢《あつれき》を生んでいる。

「俺はおまえの事情を詳《くわ》しく知らない。資料上の最低限は知ってるが、逆に言えばそのくらいだ。だがな、おまえがその髪の色に強いこだわりを持っていることくらいはわかる。

それが生半可な理由や覚悟《かくご》ではないこともだ」

眼前の茶から湯気が立っている。その湯気越しに武田の強い眼差《まなざ》しが創を見ている。

「手塚。俺はおまえを特別扱いなどしない。それは他の生徒、ルールを守っている奴らに対して申し訳が立たないからだ。真面目に我慢《がまん》している奴らを裏切ることになるからだ」

皺の刻まれた顔は厳しく引き締まっている。公平たれ、と律する教職者の顔だ。

「——だから、おまえは負けるな」

だがはみ出し者の創を見つめるその目は柔《やわ》らかかった。

「俺に、周りに何を言われても、自分の考えに納得できている限り堂々としていろ。しょうもない嘘で誤魔化《ごまか》したりするな」

「武田……」

「牧とのことだって同じだ。何があったのか知らないが、おまえのことだ。牧のことをどうにかしてやりたいと思って言ったんだろ？　なら、堂々としていろ。余計じゃない。止まらなくていい。それが合ってようが間違ってようが、後はそれを聞いた牧が決めることだ」

兄貴分として正しく導いてやらなければ、そんな責任を感じていた。

しかし、誠也が抱《かか》えているのはあくまで彼自身の問題だ。創が勝手に背負う必要も筋合いもない。自分の思うことを伝え、誠也はそれを取捨選択《しゅしゃせんたく》する。ただそれだけのことなのだ。

「……そう、なのかな。……そうだよな」

「ああ、そうだ」

今まで目の上のたんこぶだと思っていた目の前の大人は力強く頷いた。その姿に、創はまだ自身にないものを彼に見た気がした。その端緒《たんしょ》を今掴ませてもらったのではないかと。

「……あー、その。武田、先生――」

ついさっきまで疎《うと》んでいた関係で気まずげに創が口を開くと、武田は寒気がするとでも言いたげに二《に》の腕をさすった。

「いい、やめろ気持ち悪い。感謝だの尊敬だのそんなのはいらねえ。子どもは子どもらしく、大人を鬱陶《うっとう》しがってろ。指導者なんて憎《にく》まれてなんぼだ」

「……そーかよ」

あまりと言えばあまりな反応に声が低くなる。

「ま、今日はこのくらいにしといてやるか。明日には髪染めて来いよ」

シッシッと武田は手を振《ふ》る。

しょうもない嘘で誤魔化したりするな。その言葉にならい創は不敵に笑って言った。

「絶対嫌《いや》だ」

脳天に大きな拳《こぶし》が降ってくる。

「いっ……てえな！　今の体罰だろクソ教師！」

「ああそうだ、体罰だよクソボウズ。嫌ならその髪どうにかしろ」

悪態を吐き合った後、ニヤリと二人の悪ガキは顔を見合わせた。

『創、さっきはすまなかった。結衣と話してみる』

誠也からのメッセージに気づいたのは、それから指導室を出てすぐのことだった。

◇◇◇

『会えないか？』

朝に誠也から来ていた簡潔なメッセージを、結衣は持て余していた。

あまりない彼からの連絡《れんらく》は、いつもなら狂喜乱舞《きょうきらんぶ》して即断即決《そくだんそっけつ》で返事をしていただろう。

だが、今は事情が違《ちが》う。

とはいえ、いつまでも逃《に》げているわけにもいかないのだろう。

結末はわかっていて、刻一刻とその時は近づいている。

ふと、教室の空気がざわついた。

「おい、角南結衣はいるか？」

聞き覚えのある声に顔を上げれば、これまた見覚えのある金色の髪の男子生徒がその視線上の生徒を薙《な》ぎ払《はら》いながら教室を見渡《みわた》している。

「創さん？」

「おお、いたいた。ちょっと面貸してくれや」

彼に悪気はないのだろうが、乱暴な言葉遣《ことばづか》いにクラスメイトたちがハラハラと二人の様子を見守っている。

「創さん、顔怖いんだから教室来ないでくださいよ。不良こわー」

「俺《おれ》は不良じゃねー！」

軽い調子の冗談を置き土産《みやげ》に教室を出る。

屋上へ続く階段、その中程《なかほど》に二人は座り込《こ》んだ。

「屋上よりマシとはいえ、ここも冷えますね」

「わりいな。近くで他の奴がいねえとこ他に思いつかなくてよ」

「別にいいですよ。で、どうしました？」

「誠也のこと、どうする気だ？」

予想していたとはいえ、単刀直入な質問に一瞬《いっしゅん》黙《だま》り込む。

「……どう、とは？」

「誠也から軽く事情は聞いた。朝比奈との関係に突っ込んだらしいな」

「ああ、そのことですか。……別に大したことはしてないですよ。ただ先輩の勘違《かんちが》いの種を潰《つぶ》しただけです。だから――」

「私たちの関係は変わらない、か？」

「……はい、そのとおりです。話は終わりですか？」

立ち上がる結衣を「いや」と創は引き止めた。

「もう一つ……二つか。二つ聞かせてくれ。誠也から何か連絡はあったか？」

「ありましたよ。会えないかって」

「それ、どうすんだ？」

「……」

答えは出ない。未練を断ち切れたならどうとでもなるのに、それができない。創の方もそんな結衣の内心をよく把握《はあく》しているようだった。

「まあそうだろうな。だから来たんだけどよ」

創も立ち上がり、結衣と顔を見合わせた。

「別におまえは何も心配する必要ねえ。ただ、行きたいと思うなら行けばいい。もし行きたくねえんなら……いや、んなわけねえか」

一片《いっぺん》の疑いもない創の苦笑に、なぜだろう、込み上げるものを感じて結衣は「あーもう」と語気を荒《あら》らげた。

「なんなんですか自分だけわかったような顔して！　私をどうしたいんです」

訳知り顔で思わせぶりな物言いをする彼がいやに気に食わない。膨《ふく》れる結衣に創は笑《え》みを引っ込めて言った。

「俺は、結衣のことダチだと思ってる。そりゃ誠也よりも付き合いは短いけどよ。それでもどうにかできるならしてやりてえって思ってるよ」

真面目な顔で創に真正面から友達だと言われたのは初めてだった。

売られた言葉に噛みつこうとしていた喉《のど》が締まる。

「だっておまえら、俺以外に友達いねえだろ」

「……何を失礼な。よく話す人くらいいますから！　最近だって告白もされましたし」

けらけらと笑う創に今度こそ噛みつくが、いつもの雰囲気を作ろうとしても、それはすぐにしぼんでしまう。

「……なんて、強がっても仕方ないですよね。ええ、そのとおりです。こんなこと話せるの、創さんくらいですよ」

最近うまく自分を保てないなぁ。ふと思う。原因は考えるまでもないが。だが創といると少しだけ普段《ふだん》の『結衣』が取り戻《もど》せた気がした。

「でもなんかムカつきますね。今まで我関せずみたいな顔してたくせに、いきなりしゃしゃり出てきて友達いねえだろとか言ってきて。創さんも私たちくらいしか友達いないくせに」

「はは、違いねえな」

二人の笑い声が薄暗《うすぐら》い階段に広がっていく。胸を様々な方向から蝕《むしば》む不安が少しだけ怯《ひる》んだ気がした。

「わかりました。極力何も考えないで、したいように返事しようと思います」

「ああ、それでいいと思うぜ。難しく考えたって結局なるようにしかなんねえし、その時になんなきゃ答えなんて出てこねえ。きっと、わかんねえなりにやるしかねえんだろうな」

そう言った創の顔はなぜだろう、少しだけ大人びて見えた。

『今日の放課後、屋上で会いましょう』

友人の助言に従って結衣はそう返信をした。

霧《きり》がかっていた胸中に小さな風穴が空いた気がする。それがいいことなのかはわからないが、曖昧《あいまい》なものが少しだけ明確になった実感はあった。

「結衣、なんか元気になった？」

隣《となり》の女子がこっそりと話しかけてくる。

どうやらうまく隠せていると思っていたが、そうではなかったらしい。

不覚です、と反省しながらも表面上はにこやかに頷いた。

早く過ぎてほしいような、まだ待っていてほしいような時間が過ぎて放課後を迎《むか》える。

クラスメイトがイルミネーションを彼氏《かれし》と観《み》に行くだとか週末の予定を嬉々《きき》として話している。そんな中、強いてゆったりとした動作で帰り支度《じたく》を済ませて結衣は教室を後にした。

屋上へ向かう足はふわふわと頼《たよ》りなく、雲の上を歩いているようだ。転校する日に誠也のもとへ向かう亜梨沙もこんな気持ちだったのだろうか、そんなことを考える。きゅっと唇《くちびる》を引き締めて階段を上る。

鉄扉《てっぴ》は前と違い何の苦労もなく――とはいえ蝶番《ちょうつがい》が錆《さ》びていて相応に重かったが――開いた。隙間《すきま》から侵入《しんにゅう》してくる寒気に逆らって外へと出る。

穏やかに太陽が照っている。

比較的《ひかくてき》気温は高く、雪が汗《あせ》をかいている。

誠也は来ていない。一年の教室が三階で、二年は二階であることから考えれば順当だろう。

前よりも待つという行為《こうい》があまり好きではなくなっていた。

待ち人が必ず来るという確信を持てなくなってしまったからだ。暖かかった視聴覚室は前よりも冷えることが多くなった。

だが、この瞬間《しゅんかん》に限ってはやっぱりまだ来てほしくないと思う。

まだ思い出に浸《ひた》っていたかった。ぬるま湯から出るには、この季節はあまりに辛《つら》い。

しかし、現実はいつも結衣の望みの逆を運んでくる。

「お疲《つか》れ様《さま》」

「お疲れ様です」

お決まりの挨拶《あいさつ》を交《か》わして二人は向かい合った。手を伸《の》ばしてもギリギリ届かないもどかしい距離《きょり》が空いている。

「来てくれてありがとう」

「いいえ、先輩《せんぱい》のためならどこへでも駆《か》けつけますよ」

落ち着いたトーンで話すいつもの冗談《じょうだん》は、廃墟《はいきょ》を流れる風のような響《ひび》きを伴《ともな》っていた。

「これを返したかった」

そう言って手渡《てわた》されたのは『星の王子さま』だった。

結衣が貸していた本だ。

「読み終わった」

「どうでした？」

「いろいろ、考えさせられるところがあった」

思案に沈《しず》むように彼は視線を下げる。

「朝比奈さんの弁当に興味を持ったのは、弁当自体がどうこうではない。本当に大事なのは朝比奈さんがあれに込めていたものだ。それを再認識《さいにんしき》した」

この場に他人がいれば、突然《とつぜん》話が飛んだように聞こえるだろうか。恐《おそ》らく誠也が言っているのは、あのセリフのことだなと結衣はすぐ予想をつける。名言にもよく挙げられる一文だ。

『大事なものは目には見えないんだよ』だったか。

誠也は亜梨沙の弁当に愛を見た。

名言に照らせば、確かに弁当は目に見えるが、誠也が大事だと思ったものは目には見えない。結衣の考えを証明するように、誠也はそのセリフを口にする。

「かんじんなことは、目に見えない」

──ああ、少し覚え違いをしていましたね。

創も前にこのセリフについて話していたが、どうやら二人とも間違っていたらしい。

だが言い回しの違いなど大した問題ではない。そもそも翻訳《ほんやく》する人によっても違うだろうから。むしろその事実がまさにこの言葉の意味を忠実に表している。

形のないものだから曖昧になりがちで。

人によって覚えている言葉はまちまちで。

それでも、大事な本質はちゃんと伝わっている。

「俺の朝比奈さんに対する好きは家族に向けるようなものではないかという疑問だが、俺にはまだわからない」

結衣が提起し、そして自ら否定したその可能性を誠也は拾い上げた。

「一緒にいたいと思う。だから朝比奈さんのことは好きなのだろう。それは間違いない」

一つ一つ手に取り、確かめるように言葉にする。結衣が強引にラベルを貼《は》ったはずのそれも、惑《まど》わされることなく大切に自分の中で吟味《ぎんみ》していたらしい。想い人への憧憬《しょうけい》を新たにし、自身の勝手を少し恥《は》じる。

「そうやって考えていたら、気がついたことがある」

「それは、何ですか？」

誠也は考えをまとめているのか、ゆったりとしたテンポで話を続ける。結衣もそれにならって待つ。

終焉《しゅうえん》の気配にゆっくりとした時間が敷《し》かれている。

「かんじんなことは、目に見えない。その言葉を信じるなら、俺はとても多くの大事なものを結衣からもらっていた」

結衣の目を見つめる誠也の瞳《ひとみ》は少しだけ暖色が灯《とも》っている。同時に寂《さび》しさを伴っていて、交互《こうご》に顔を覗《のぞ》かせている。亜梨沙と出会ってから、誠也の瞳は淡《あわ》く色を持つようになった。常人から見れば些《さ》細《さい》なものだが、本人、そして結衣にとってはとても大きな変化だった。

「俺はそれを結衣の優《やさ》しさだと思っていた。今まで俺はたくさんの大事なものを結衣から奪ってきたから」

「……違いますよ。私は、少なくとも不当に奪われたなんて思ってません。当時も恨《うら》んでなんかいませんでしたし、今はあなたが相手でよかったとすら思ってます」

奥底《おくそこ》に閉《と》じ込めていた罪悪感が共鳴し、顔を覗かせる。

「……むしろ、奪っていたのは私です。先輩に嫌なこと全部押《お》しつけて、そのくせ、私は自分のわがままに先輩を付き合わせてばっかりなんですから……」

「俺は一度も結衣にお願いされたことを不快だと思ったことはない」

「……そう、ですか」

この行き違いは、半分自覚していた。

お互《たが》いにお互いを傷つけたと思っていた。そんな自分と一緒にいてくれるのは相手の恩情から来るものだと信《しん》じ込もうとしていた。

裏切られた時に傷つかないで済むからだ。しかし、誠也はその不文律を取り払っていく。

「俺がわかっていることは少ない。……わかっているのは、俺が一緒にいたい人はたくさんいるということだ」

誠也の本心だろう。ただ自分を受け入れてくれる人とともにいるのが楽しいという未発達な、もしくは欠けてしまった感性の一滴《いってき》だ。

「俺は結衣とした約束を一つ破ってしまった」

「……え」

「結衣」

気負いもなく、日常の延長線上のように誠也が名前を呼んだ。

「俺は結衣が好きだ」

亜梨沙のことを思えば不誠実にも聞こえる、予防線も何もない剥《む》き身《み》の好意。

一瞬虚をつかれ、少し遅れて真意を理解する。

――ああ、嬉《うれ》しいなぁ……っ。

恋人として。家族として。そんな括《くく》りを全て除いて、ただあなたの存在が好ましいと。

それだけのことを伝えたいのに、余計なものがぶら下がってついてきてしまうのは何故《なぜ》なのだろうか。何故相手の存在を肯定《こうてい》するだけのことが、こんなにも難しいのか。

『わからない』

誠也の心が聞こえる。

「結衣は、どうだろう？」

わからないから、いらないものは全部捨て置いて、わかっていることだけ伝え合いたい。

こんな自分勝手があるだろうか。

そしてそんな勝手をぶつけてきて、結衣ならわかってくれるだろ？　と乱暴に信頼《しんらい》されるこの喜びが他の誰《だれ》かに理解できるだろうか。

迷惑《めいわく》を掛けたいわけじゃない。

関係を壊《こわ》したいわけじゃない。

ただただ、溢《あふ》れてやまないのだと。

そんな結衣の気持ちを読み取って、率先《そっせん》して飛び込んでくれた。そんな彼の気持ちを喜ばずにいられるだろうか。

「私も」

――自分の想いで、先輩の求めに応《こた》えられる。

確信が空を抜け、雲を薙ぎ、晴《は》れ渡《わた》る。

「私も――私も先輩が好きです……っ！」

――世界が色鮮《いろあざ》やかだと知ってもなお、私の感情はあなたにしか色づかない。

そのことが悲しくて、でもほんの少しだけ嬉しかった。

「ずっと、これからも」

彼だけが自分の特別なのだと、理性と本能の両方が肯定してくれている気がするのだ。

許されないことだと息を潜《ひそ》める。

しかし諦《あきら》めようとするたび、酸欠に喘《あえ》ぐようにまた恋《こい》に落ちる。

そうして季節を巡《めぐ》るうち、誠也は自分ではない人を好きになった。

「何があっても、絶対です」

――だとしても、私と先輩の関係は変わらない。

きっと、誰もそれを認めない。次の人を探せと諭《さと》してくる。

でもいい。だからこそいいのかもしれない。

この関係は自分たちにしか理解できない。そんな唯一性《ゆいいつ》は燦然《さんぜん》と輝《かがや》き続ける。
——お母さんの気持ちが理解できるようになってしまった自分が嫌だった。
自分も誰かの幸せを踏《ふ》みにじって手を伸ばしてしまいそうで。
「だから、先輩は幸せになってください」
——でも、私は自分本位に先輩を手に入れようなんて思わない。
何からも距離を取ってきた。執着《しゅうちゃく》することが怖《こわ》かった。
そんな結衣が唯一求めてやまないもの。
この想いを、そんな下卑《げび》たものに貶《おとし》めることだけはしたくない。
この想いが誰かを傷つける凶器《きょうき》になることなど望まない。
——これは、意地だ。

理解している。
それでいい。
——これから私は、この判断を永遠に後悔《こうかい》し続ける。
わかっている。
何度となく『もし』を辿《たど》ることになる。
だとしても。

――先輩を不幸にするのだけは嫌。それが私の――

「違う」

「……先輩？」

ドラマチックに彩《いろど》った思考が停止する。

何が違うというのか。

悲恋《ひれん》に終わる劇のフィナーレが止まり、無音になった館内で結衣は戸惑う。

「結衣はただの女の子だ。神様じゃない」

誠也がスポットライトを当てたのは、女優ではなくただの女の子だった。

「俺の前では立派じゃなくていい」

「無理に楽しもうとしなくていい」

「辛い時は辛いと言っていい」

「結衣に迷惑を掛けてほしい」

「結衣の本当を聞かせてほしい」

「それが俺のしたいこと。結衣に手伝ってほしいことだ」

『あの、先輩、何かしたいこととかないんですか？』

『すぐには思いつかないでしょうからゆっくり考えましょう。なんなら……私がお手伝いしましょうか……？』

それは誠也の母が亡《な》くなった時、結衣が彼に掛けた――

「……なんで、なんで今さらになってそんなこと言うんですか……？」

――せっかく、覚悟を決めたのに。

器の縁《ふち》から盛り上がり、ギリギリで耐《た》えていたそれ。

「……わたし、は」

――あぁ、あふれる。

ついに最後の一滴が頬《ほお》から零《こぼ》れて落ちた。

仮面が、崩《くず》れる。

「私は……っ。先輩が誰かの彼氏さんになるのが嫌です。ずっと私だけの傍《そば》にいて、私だけが先輩をわかってあげられて、私のバカなノリと真剣《しんけん》に向き合っていて欲《ほ》しいです。でも私が先輩の彼女さんになったら駄目《だめ》なんです。私がバカで欲張りでずるいから先輩を壊しちゃうんです。きっと重荷になるんです。先輩が欲しいものと私が欲しいものも違うんです。私じゃ先輩の求めるものはあげられないんです。だから諦めたのに……なのに、朝比奈さんは無視して持ってっちゃうんです。あの人は何もわかってないのに、全部持ってっちゃうんです。すごく腹が立つけど、でもあの人はいい人なんです。なんで嫌な人じゃないんですか？　あんなの好きになっちゃうじゃないですか。認めるしかないじゃないですか！　頑張《がんば》ってる人だから報《むく》われてほしいじゃないですか。でも他の何を取られても先輩だけは取られたくないんです。でも先輩に不幸になって欲しくないです。朝比奈さんもです。でも……でも、でもでも」

相反する思考が反発しながら巣くっている。

ずっと一人で考えていた。

誰もが幸せになるような、そんな道。

自分が我慢していれば。

そう思い至るが、道はあまりに過酷《かこく》で。一歩進むごとに痛く、うずくまり。辛く。寂しく。怖い。こんなに耐えたのに歩んだ道程は些細で、先はまだ遠く。

いつか、青臭《あおくさ》かったと笑える日は来るだろうか。今の結衣には想像もできない。

一寸先すら見えないのに、それはいつのことになるだろうか。

「う……いや、です……先輩」

溜《た》まりに溜まった澱《おり》を声にしてそぎ落とし、最後に残ったものは――

「行かない、で、ください……っ」

待っていても、視聴覚《しちょうかく》室には誰も来ない。

――さびしい。

「おいてかないでぇ……っ！」

知らない誠也が増えていく。

――さびしい。

あの場所があるから、誠也がいたから演じられていた。

――それすらなくなってしまったら、もう。

洪水《こうずい》に揉《も》まれながら縋《すが》るように、誠也へしがみつく。

同時に立ち昇《のぼ》る喜びが氾濫《はんらん》する。こんな時なのに、とそれにすら責め立てられて、渦《うず》を巻く。苦しい、嬉しい、温かい、だめ、心地《ここち》がいい、許されないきもちいこわいゆるしてたすけて――

のたうち回り、流されまいと、もしくは欲望へ従うように強く、強く腕を回す。

「結衣」

一言名前を呼ばれるだけで、痛いほど従順に結衣の耳は彼の言葉を求めた。

聞きたくない。そう思っているのに、刻まれた想《おも》いがそれを許さない。

託宣《たくせん》を待つ信徒か、あるいは審判《しんぱん》を待つ罪人のように胸に押しつけていた顔を上げる。

瞳が見える。

そこに結衣自身の泣き顔が映っている。ぐしゃぐしゃでみっともない。

厳《おごそ》かに誠也の口が開かれる。

「すまなかった」

大人びた謝罪は、結衣の知らない響きだった。

また一つ心が寂れる。

「だが、大丈夫《だいじょうぶ》だ」

――大丈夫だ。

「絶対に俺は結衣の嫌がることをしない」

「……ぁ」

――これからずっと、絶対に俺は角南さんの嫌がることをしない。

「……ゃく、そく」

結衣が一方的にするよりも早く、誠也からしてくれたもう一つの約束。

「ああ」

満たされるにはあまりにも足りなくて、手の内にあるものは数えるほどしかない。

一つ消えるたびに半身を失うような痛みがある。

背中がゆっくりと撫《な》でられる。

「だから、結衣を一人にしない」

誠也に触《ふ》れられた部分が甘《あま》く、温かい。

「約束だ」

告白、ではない。

周囲からどのように映るとしても結衣は、そして恐らく誠也もわかっている。

——だけど。だとしても。

「……先輩。私のこと好きなんですよね？」

体を離《はな》す。涙《なみだ》を拭《ぬぐ》って問いかける。

『あんたばかり我慢してやる必要はない』

——確かに、そうですよね。

『別におまえは何も心配する必要ねえ。ただ、行きたいと思うなら行けばいい』

——はい、そうします。

考えるのはもう止めた。

わからないものは全部捨て置いて、一つだけ確実なものを掴《つか》んで結衣は進む。

「じゃあ、明日デートしてください！」

——これで終わりなんて、認めない。

幸せになる権利を、結衣は行使した。

第六章

出発の準備は三十分前に終えている。

一時的な避難《ひなん》場所となったママの店にある自室で、時間を持て余した結衣は『はらぺこあおむし』を手に取ってページを捲《めく》っていた。

ボロボロのその絵本は、幼い頃《ころ》母に買ってもらった数少ない品だった。

あおむしがいろんなものを食べて、綺麗《きれい》な蝶《ちょう》になる。子どもの成長を願うシンプルな話。

あおむしが食べた物には実際に穴が空いていて、一度だけ読み聞かせてもらった時、この穴から母の顔を覗き込んだことを覚えている。その日、母は珍《めずら》しく機嫌《きげん》がよく、そんな結衣の頭を撫でてくれた。

静かに本を読んでいる間だけ、母は幼い結衣が傍にいることを疎まなかった。

結衣は懐《なつ》かしさとわずかな痛みとともに記憶《きおく》を辿りながら眺《なが》める。

名作は読む時期で読んだ印象が変わる。それは児童書も小難しい文学も変わらない。

「そろそろ時間ですね」

本当はまだ少し早いのだが、待ちきれずに部屋を出る。

「いってらっしゃい」

「……はい、いってきます！」

眠《ねむ》たそうなママに見送られて店を出る。

少し高くなった太陽が見下ろしている。天気は快晴、絶好のお出かけ日和《びより》だ。

フワフワとしたニットとピンクのミニスカートに気持ち背の高いブーツ。

その上から白のダッフルコートを重ねているが、やはりタイツを穿《は》いているとはいえ出ている足は冷える。まあ先輩に温めてもらえばいいか、と良からぬことを企《たくら》み、にやにやしながら待ち合わせ場所へと向かう。

場所は学校の前だ。

駅前でもよかったのだが、そちらの方が早く合流できる。それが何より重要なことである。

バスを降りて数分歩くと、校門に背を預けている青年が一人。結衣の顔が綻《ほころ》ぶ。

「おっはようございます！」

「おはよう」

朝の挨拶を交わした。それがとても新鮮《しんせん》で、これから始まる夢の時間への期待が高まった。

誠也は黒のテーパードパンツとニット、その上にはマウンテンパーカーを羽織って首にはマフラーを巻いている。重くなりがちな色合いを気遣《きづか》って白のシャツが少し顔を覗かせていた。

「行くか」

そう言うと、彼は手を差し出した。

「にへへ」

飛びつくようにその手を握《にぎ》ると指を絡《から》ませる。ついでに腕《うで》を組むことも忘れない。

何となく候補はあるものの、今日の予定は特に立てていない。突発的《とっぱつてき》な話であることもそうだが、どこだろうが楽しい、そんな確信があったからだ。

再び停留所でバスを待ち、やがてやってきたそれに乗る。当然席は隣同士《となりどうし》だ。休日かつ少し時間をずらしたこともあって、いつも学生でごった返す車内に同年代の顔はない。

「……」

会話はない。それが悪いことだとも思っていない。

沈黙《ちんもく》を気にする間柄《あいだがら》ではないし、この空気感を楽しんですらいた。

誠也の方へと寄りかかる。香水《こうすい》をつけているのだろう、フレッシュな香りが鼻腔《びこう》をくすぐった。彼自身の匂《にお》いが好きな結衣にとっては少し残念だったが、デートであることを意識してくれているのだと考えれば喜ばしかった。

様々な商業施設《しせつ》が一体となっている大きな駅に着いた。向かう先はカラオケだ。

部屋に入り、飲み物をテーブルに置くと結衣はさっそくタブレットを手に取った。

「私、先に入れますね！」

「ああ」

入力したのはポップなアイドル曲だ。

時折振付《ふりつけ》を交えた結衣の跳《は》ね回るような明るい歌声が室内を飾《かざ》りつける。

その間、誠也は置いてあったタンバリンを装備して、鉄面皮のままシャンシャンと鳴らしていた。ギャップがなかなか愉快《ゆかい》なことになっていて面白《おもしろ》い絵面だった。

「さ、先輩の番ですよ」

彼が選んだのはラブソングだった。最近巷《ちまた》で流行《はや》っている最新の曲だ。

誠也は意外と流行どころを押さえている。それは仕事柄《しごとがら》、客とカラオケに行くことがあるためであり、彼にとっては学校のそれとはまた別の勉強対象だったからである。

彼の歌声は透《す》き通っていて中性的な魅力《みりょく》に溢れている。メロディと声が縒《よ》り合わされ、一つの完成された音楽として結衣の琴線《きんせん》をかき鳴らす。

「先輩の歌、もっと聞きたいです！」

ほんのり涙を滲《にじ》ませて結衣が言うと、誠也は首を振《ふ》った。

「結衣の歌も聞きたい」

「えへーそうですかぁ？　……じゃあ歌っちゃいます！　ね、後でデュエットしましょ？」

「わかった」

ひとしきり歌った後は少々遅《おそ》めのランチだ。

二人で案内板を眺めてパスタの専門店を選んだ。入ったことのない店だった。

洋風のオシャレな店内に入り、メニューを見繕《みつくろ》って注文する。

「あーカラオケ久しぶりだったから喉がらがらですー」

「楽しかった」

「ですねぇ」

まったりと内容の薄《うす》い言葉を往復させながら料理を待つ。

運ばれてきたカルボナーラとボロネーゼに目を輝かせてフォークを手に取る。

「んー美味《おい》しい！」

「美味《うま》い」

舌鼓《したつづみ》を打ちながら、結衣は器用にパスタを巻き取る誠也を眺めた。

昔綺麗な指をしていると褒《ほ》めてくれたことがあったが、彼の方は指の使い方が綺麗だ。どうと聞かれると難しいのだが、彼の細く長い指はやたら優美に動き、妙《みょう》な色香を感じさせる。惚《ほ》れた弱みと言われればそれまでなのかもしれないが。

「どうかしたか？」

「いいえ、先輩は何をしていても素敵《すてき》だなぁと思って」

冗談で胸の高鳴りを誤魔化《ごまか》しながら、私はどこに緊張《きんちょう》しているのだろうと自身にツッコミを入れた。

腹ごしらえを済ませた後は前に巧と行ったダーツバーへ向かう。巧に悪いような気もしたが、胸中の彼は悪態を吐《つ》きながらも笑って許してくれた。今はただ、楽しいと思ったことを誠也と共有したかった。バーの店長は前来た時と同じ男性で、結衣のことを覚えているようだが何も言わずにいてくれた。

「ダーツは初めてだ」

「私が教えてあげますっ！」

ふんす、と鼻を鳴らしてここぞとばかりになけなしの知識を披露《ひろう》する。ちなみに全て巧からの聞きかじりだ。

「ダーツを持ってる方の肩《かた》を的の正面に来るように……肘《ひじ》はなるべく動かさないようにし

てください」

甲斐甲斐《かいがい》しく指導する。触れるたびに体が淡く熱を持つ。

「そのまま紙飛行機を飛ばすイメージで優しく放ってください」

結衣のアドバイスに従って、誠也は柔軟《じゅうなん》なフォームでダーツを投げた。

見事的に刺《さ》さったそれは中央よりも上に突《つ》き立っている。

画面に表示された点数は六十点。

「え、ちょ、先輩すごい。最高得点ですよ！」

思わず抱《だ》きついてはしゃぐ。

ダーツには真ん中よりも点数の高い場所がいくつかある。

その内の一つが二十点の区画にあるトリプル、つまり三倍となる狭《せま》い場所だ。誠也の投げたダーツはそこに刺さっていた。

「そうなのか」

当の本人はわかっているのか微妙《びみょう》な反応をしている。

「はぁ……やっぱり先輩ってすごい」

尊敬の念を新たにする。

「おっ！　お兄さん初めてなのにやるじゃないか」

店主が飲み物を載《の》せたトレイとともにやってきた。

「これはいい物を見せてもらったお礼だ。飲んでくれ」

背の高いテーブルに置かれたのはホットのミルクティーが二つ。二人が礼を言えば店主は何でもないと手を振った。

「じゃあこれ飲んだら勝負しましょ」

「わかった」

一息ついて始まった三本勝負は白熱した。

安定して点を取る誠也と、不安定だが時折妙な爆発力《ばくはつりょく》のある結衣。

初心者同士ながら対照的なスタイルの二人の勝負は一進一退の攻防《こうぼう》で、三本勝負で始まったそれは二対一で誠也が勝利した。

「本当に何をしても先輩は上手《うま》いですね……いえ、料理以外何をしても、ですね」

前はそこに勉強も含《ふく》まれていたのだが、最近の彼は平均程度には成績を伸ばしている。

進学校の平均なのだから、上々の部類だろう。

「もう一度するか？」

「いいえ、私は休憩《きゅうけい》します。先輩は続けてください」

「ああ」

どうやら誠也もダーツを気に入ったらしい。

テーブルに体重を預けて結衣は彼の様子を見守る。

トン、トン、トン。

ダーツの的に刺さる音が耳に心地よい。

巧の指導が巡り巡って良かったのか、素人目《しろうとめ》で見る分には誠也のフォームはなかなか様になっている気がした。

そんな姿を焼きつけるように、結衣は彼を見つめる。

追加で頼んだアイスティーの氷が涼《すず》やかな音を立てた。

外に出れば空はすっかり暗くなっていた。

気温もかなり下がっていて結衣は誠也の腕を引き寄せた。

「公園の方でイルミネーションがあるみたいですよ。観に行きません？」

「ああ」

土曜日ということもあり、街を行き交う人の数は多い。

人波をかき分け進む誠也は力強く、結衣はくっついて恩恵《おんけい》にあずかる。彼の歩幅《ほはば》は結衣に配慮《はいりょ》して狭くゆっくりとしていて、それを嬉しく思う。

そうしてやってきた公園は満天の星が落ちてきたようだった。

「わ……」

感嘆《かんたん》の声が漏《も》れる。

白い光が木々や街灯を飾りつけ、幻想的《げんそうてき》な世界を創り上げている。

区画ごとにそれぞれのコンセプトを以《もっ》て、鮮《あざ》やかなグラデーションとなって視界の端《はし》まで続いている。

「すごい」

誠也の言葉に握った手で応える。

光の海の中を歩いていると日常から切り離されたような感覚に誘《いざな》われる。普段《ふだん》は何気なく見ている店の明かりまでもが景色を彩る装飾《そうしょく》に思える。

「夢を見てるみたいです」

「そうだな」

ふと呟《つぶや》いた言葉に返事をされて、無性《むしょう》に込《こ》み上げるものがあった。

「もう少し、歩きましょうか」

縋るような湿《しめ》った言葉に触れることもなく誠也は頷《うなず》く。

イルミネーションは白から青へと移り変わり、やがて様々な色が交差するように変化していく。

　その中を、口を開くこともなく二人は歩いた。なるべくゆっくり、歩幅を小さく、邪魔《じゃま》にならないよう通りの端っこの方を、他の人々に追い抜《ぬ》かれながら、だが決して立ち止まることなく進んでいく。

　時折、確認《かくにん》するように握った手に力を込めて、誠也が返してくれるのを希望に足を動かす。

　やがて、明らかな終わりが遠くに見え始めた。

　街灯や建物の明かりがないわけではない。しかしどうにも暗く、今いる場所と比べて見劣《みおと》りするそれは否応《いやおう》なく近づいていて、必死に目を逸《そ》らしても意識はそこから離れてはくれない。きっとあそこに至ってしまったらもう戻《もど》れない。

　だから――

「先輩《せんぱい》」

　正面を見据《みす》えたまま、結衣は口を開く。

「私のこと、好きですか？」

「ああ、好きだ」

　抱き込んでいた腕を、絡めていた指を離す。冷たい空気がさっきまであった誠也の体温をさらっていく。

「先輩」

向かい合う。

幻想的なイルミネーションを背景に誠也が立っている。

「私が好きなら、キスしてください」

かつて何の感傷もなく創にも言った言葉で、しかし今回もたらした変化は劇的だった。

顔に朱《しゅ》が差して熱くなって、下腹部が締《し》めつけられるような感覚。

胸にはこれから訪《おとず》れることへの期待と臆病《おくびょう》が混在して訳が分からないほど感情が高ぶる。

「ああ」

誠也の瞳が揺《ゆ》れている。

そうさせているのが自分であるという仄暗《ほのぐら》い喜びがある。

彼の首に腕を巻きつける。

精一杯《せいいっぱい》背伸《せの》びをしても少し足りない距離《きょり》を誠也が埋《う》めてくれた。

「――んぅ」

抗《あらが》いがたい喜びが流《なが》れ込む。
体がピリピリとして震《ふる》える。
「――……ぁ」
濡《ぬ》れた音とともに唇《くちびる》が離れる。
嬉しい。
そればかりが胸を占《し》めているのに。
なぜ、こんなにも涙が止まらないのか。
「……」
温かな熱が頬を滑《すべ》り落ちていく。
誠也は何も言わずに結衣を見つめている。
夢から覚める時間が近づいている。
二人で作り上げているこの時間は、どこまでいっても夢でしかない。
いつか現実へと帰らなければならない。
結衣は知っている。
『結衣を一人にしない』
あの時彼がしてくれた約束は、告白ではなく延命措置《そち》だ。

関係の終わるその時が穏《おだ》やかであるように願い、呼吸器をつけて引き延ばしているだけ。

「先輩」

――だけど、もう満足。

こうなればいいなと描《えが》いた未来の一握《ひとにぎ》りを叶《かな》えることができた。

「私はあなたが好きです。大好きです」

恐《おそ》らく通じ合っている。ここまで何をしていたのか。これから何が起きるのか。示し合わせたように、台本に描かれた物語を辿るように想いを伝える。

誠也は手の届く範囲《はんい》の全てに手を差し伸《の》べようとする。

取りこぼすと予感しながら、自分が壊れると予感しながら、それでも大事なものを手放すまいと抱《かか》えようとしてしまうから。

――だから、もう十分。

「恋人《こいびと》としての好きです。私はあなたの彼女《かのじょ》さんになりたいです」

誠也が作ってくれた境界を、優《やさ》しく掛《か》けられた呼吸器を、あえて無視して踏み越《こ》える。

知っている。

自分が抱えているのは無垢《むく》な子どもの好きではない。

誠也の考えているそれとは違《ちが》う。

もっと自分勝手で、邪《よこしま》で。

それでも甘酸《あまず》っぱくて、寝《ね》ても覚めても焦《こ》がれて。

結衣にとって何よりも大事な、そんな好きだ。

終わるとしても、それだけは絶対に誤魔化すことはできない。

角南結衣でいるために、その嘘《うそ》だけは吐けなかった。

「いつかお嫁《よめ》さんになってずっとあなたの傍に置いてほしいです。いつかしわくちゃになってもずっと、二人で手を繋《つな》いでお散歩したいです」

語る内容は身に余る夢の続き。

「ただの好きじゃ、全然足りないです」

本当は満足なんて嘘だと自分がわかっている。

「だから、私と付き合ってください」

もっとやりたいことも、行きたい場所もたくさんあったのだ。

「……俺《おれ》には、朝比奈さんがいる」

だが、夢と現実は相容《あいい》れない。

結衣の願いは叶わない。

誠也の好きが何に起因していようとそれは亜梨沙との二人の問題で、付き合ってもいない結衣には関係のないことなのだから。

「結衣とは付き合えない」

お互《たが》いに離れることを望んではいないのに、二人で望まぬ結末へと手を伸ばす。

「それは……残念です……っ」

予定調和の物語を紡《つむ》いでいるのに、なぜこんなにも重く伸《の》し掛かるものがあるのか。

くじけそうになる。膝《ひざ》から崩れ落ちそうになる。

それでも結衣は笑ってみせた。

「こんないい女をフッて、後悔しても知らないですから」

これは矜持《きょうじ》だ。

泣き顔で彩るなんて似合わない。この想いには、貫《つらぬ》くだけの価値があったのだと。

「絶対、先輩よりいい男を見つけてやりますから。後で悔《くや》しがっても、遅いんですから」

あるべきところに帰るのだ。

進むべきレールが見えているのなら、いつまでも寄り道するわけにはいかないのだから。

——この思い出があれば、私は何があっても耐えられる。

胸に一山抱えた思い出を勢いよく乗せれば、天秤《てんびん》は一時偽《いつわ》りの傾《かたむ》きを示す。

明日には揺らぐのだとしても、少なくとも今この瞬間《しゅんかん》だけは信じられる。

リアリストの自分も、苦笑いをしながら頷いてくれた。

誠也が守り続けてくれた約束がある。

結衣がごねてしまえば、彼《かれ》が必死に守り続けてくれた約束は破れてしまうのだから。

「ああ、それと――」

――だから。


「これは、今日の対価です」

差し出したのは――茶封筒《ちゃぶうとう》に収まった数枚のお札。

いつかの日、誠也に差し出されたのと同じ金額が入っている。

「先輩は私が大事ですよね？　だから特別価格ということでまけてください」

してやったり、そんな表情を作り上げる。

誠也と結衣の関係は変わらない。

そんな約束を違《たが》えないための代金。

始まってもいないはずのものを終わらせるために定義づけるもの。

「……」

差し出された封筒《ふうとう》を見る彼の表情ははちきれんばかりの何かを含んでいるように見えた。

蛹《さなぎ》の殻《から》のように、鳥の卵のように、脈動する何かが内側から溢《あふ》れ出そうとしている。

だが築き上げたかさぶたの仮面は厚く、破ることはまだ敵《かな》わず。時間はそれを待ってなどくれやしない。

「……ああ」

結局、誠也はそれを受け取った。

「結衣は……ずっと大事で、特別だ」

彼らしくなく乱暴にそれをポケットに収めながら、せめて、と今わかることだけ手に取って精一杯《せいいっぱい》伝えてくる。そのいじらしさが本当に──

──ああ、やっぱり好きだなぁ……。

失いゆくものの大きさを再認識《さいにんしき》させる。

天秤が早くも正常値を思い出そうとしている。

見つめた誠也の瞳《ひとみ》に、イルミネーションで美しく彩《いろど》られた自身の顔を見つけてどうにか堪《こら》える。

願わくば、この日の思い出が一日でも長く彼とともに寄り添《そ》えますように。

——あなたをこんなにも好きな私がここにいる。

彼の道に暗雲立《た》ち込めても、その事実がほんの一握りでも足元を照らしますように。

「……」

誠也は視線を彷徨《さまよ》わせ、何度か口を開いては閉じてを繰《く》り返す。

その逡巡《しゅんじゅん》に、消えゆく器がまた少し満たされる。

——これでいいの。

腹ペコなあおむしは目の前にある食べ物を手当《てあ》たり次第《しだい》に食べて綺麗な蝶になった。

結衣がそれを真似《まね》するには、いろいろなことを知り過ぎてしまった。

自分が丸々と太るほどに食べれば、その分誰《だれ》かが食べ損《そこ》ねるのだと気づいてしまった。

後ろめたさを抱えて空を羽ばたくことは、自分にはできないと思った。

だから、一口だけ。

大きなリンゴの目立たないところを一口だけ齧《かじ》って、満足したと嘯《うそぶ》く。そうすれば結衣の大切な人たちはみんな一緒《いっしょ》でいられる。

綺麗な蝶にはなれなくとも、大切な人たちがそうなってくれるのなら、それでいい。

——それでいいと、ようやく飲《の》み込めたのに。

結衣が目を見開く。

何かに気づいた誠也が後ろを振り返る。

現実はいつも結衣の望みとは逆を運んでくる。

「なに、してるの」

太陽を梳《くしけず》ったような金髪《きんぱつ》の少女が、誠也の裾《すそ》をつまんで呟いた。

あとがき

まず初めに。

作中、教師の体罰発言や母親に対して結衣が擁護するような趣旨の内容がございます。これらについて、体罰や虐待などを推奨・容認する意図はございません。あくまですべては作中のキャラクターを表現する一環でありますので、念のため誤解のないよう述べさせていただきます。


というわけで改めまして、本書をお手に取っていただき誠にありがとうございます。

羊思尚生です。

「朝比奈さんの弁当食べたい２」いかがでしたでしょうか。

前巻は「あえて大事なことを言葉にする」をコンセプトとして掲げ、それを最大限活かすことができるような構成を自分なりに考えて作成しました。続巻にあたる今回は少し「対比」を意識してみました。

それはキャラとキャラであったり、前巻と今巻であったりするのですが、そこを加味して読んでいただけるとまた楽しめるかもしれません。

今回のメインにあたる結衣の過去についてはかなり悩みました。

わかっていたことですが、本来想定していた彼女の過去はあまりにライトノベル向きではなかったのですね。変更するべきかいろいろな人に相談して、自分なりに納得できる道筋が見えた気がしたので現在の展開に落ち着きました。これが正解かはわかりませんがある程度必然性みたいなものは持たせられたかなと自分では思っています。

さてページも残り少なくなってきたということで、謝辞を述べさせていただきます。

担当様及び編集部の皆様。

担当のK氏。続巻に至る交渉、本当にありがとうございます。私が未熟ゆえに、都度その手腕に大変救われております。編集部の皆様におかれましても続巻の許可をいただき誠に感謝しております。

U35先生。

今回も素敵なイラストをありがとうございます。

毎度挿絵などをいただく度に、これに見合うような物語を作れるようにならなければと身の引き締まる思いです。

読者の皆様。

ご購入や感想を公表していただいた皆様がいなければ今こうしていることはできませんでした。「朝比奈さんの弁当食べたい」は内容が内容なだけに受け入れてもらえるか不安だったのですが、温かい声が多くて本当に嬉しかったです。

そして偉大な先達や本書に関わったすべての方にも感謝を。

皆様のおかげで危なげながらもどうにか夢の続きを進めております。

それでは二巻も最後までお付き合いくださり、本当にありがとうございました。

またお会いできる日を楽しみに、あとがきとさせていただきます。

二〇二三年　五月　羊思尚生

HJ文庫
1084
https://firecross.jp/

朝比奈さんの弁当食べたい2

2023年6月1日　初版発行

著者――羊思尚生

発行者―松下大介
発行所―株式会社ホビージャパン

〒151-0053
東京都渋谷区代々木2-15-8
電話　03(5304)7604（編集）
　　　03(5304)9112（営業）

印刷所――大日本印刷株式会社

装丁――小沼早苗（Gibbon）／株式会社エストール

Printed in Japan

ISBN978-4-7986-3171-4　C0193

ファンレター、作品のご感想
お待ちしております

〒151－0053　東京都渋谷区代々木2－15－8
(株)ホビージャパン HJ文庫編集部 気付
羊思尚生 先生／U35 先生